Alle Charaktere, Namen und Handlungen sind, abgesehen von gelegentlich erwähnten Markenprodukten oder Personen des öffentlichen Lebens, frei erfunden.
Jede Ähnlichkeit mit lebenden oder toten Personen ist reiner Zufall und völlig unbeabsichtigt.

Basierend auf:
Drainage der Begierde (Drehbuch, D. Iwan, 2012).

Umschlag:
Die Tochter des Gaumy (Collage, D. Iwan, 2015).

Autorenbild:
Selfportrait XVII (Gemälde, D. Iwan, 2016).

TWENTYSIX – Der Self-Publishing-Verlag
Eine Kooperation zwischen der Verlagsgruppe Random House und BoD – Books on Demand

© 2016 Iwan, Dennis

Herstellung und Verlag:
BoD – Books on Demand, Norderstedt.

ISBN: 9783740727659

Dennis Iwan

Drainage in drei Noten

Roman

*Kein Wind ist demjenigen günstig, der nicht weiß,
wohin er segeln will.*

   Michel de Montaigne

*I know it´s all getting away
It comes to me as no surprise
I know what´s coming to me
Is never going to arrive.*

*All that was true
Is left behind
Once I could see
Now I am blind
Don't want your dreams
You try to sell
This disease
I give to myself*

   NIN

Der Kranke darf alles sagen.

   Ital. Sprichwort

Mum, Dad & der Vergessenen

Drainage in drei Noten

I.

Kopfnote

Der Ersteindruck kann nur einmal aussagen.

Dispersion dampft über ihre Vorstellung davon, die eine andere war.

Das Design des schwarz-weißen Läufers wurde ihrem Daumenabdruck entnommen - das einzig aufspürbar persönliche Momentum als eine Art Erinnerung, falls abgekommen autonome Prozesse - unter Vermeidung individualpsychologischer Muster – hineinfinden sollten.

Dabei der Schwerkraft strotzend und gar den Stachel gegen sie gerichtet, findet sich früh Reue zwischen ihren Tagespunkten, kein Foto einer toten Biene in den Lamellen des Vorhangs gemacht zu haben. Von sanftem Luftzug gewogen, kommt er kaum gegen die hoch stehende Nachmittagssonne an, die das klinisch sterile Aroma der Rezeption mit Lösungsmittel sättigt und den Blütenstaub des Blumenbuketts scheinbar klebend, gelblich und feinkörnig auf der Oberfläche der dunklen Holzvertäfelung Beharrlichkeit demonstriert.

Menschen, für die der fehlende Faden, Stille oder Rage und weit mehr zum greifbaren Objekt geworden ist, finden sich hier ein, um unter Beteiligung des Eigensten eine produktive Antwort auf Fragen zu bekommen, von denen sie noch nicht einmal wissen mussten, sie besser zu stellen.

Das leere Wartezimmer ist voll davon, wir werden sehen - *aber mit der Farbe ist sich anzufreunden.*

Eine ganzheitliche internistische Sicht zu Diagnostik und Therapie - zweckorientiert quantifizieren - dabei vielleicht sogar dem Wunsch nach maximaler Variabilität Rechnung tragen und ihnen die Ruhe geben, die es für die Navigation bei Sturm auf den unterschiedlich breiten Seen in den Köpfen braucht; zumindest war das ursprünglicher Antrieb von Internistin Dr. Marie Allbach, Fachärztin für körperorientierte Psychotherapie, ehemals stationsführende Ärztin in einer mehrjährigen Tätigkeit im Krankenhaus und nun seit geraumer Zeit mit eigener Praxis, der nun unter dem Stapel aus Akten, Infoflyern, Rechnungen und noch zu bearbeitenden Gutachten jeden Tag auf ein Neues hervorgelockt werden will.

Die Intention dabei, eine Perspektive zu schaffen, deren Willen auszuformulieren und sie oder ihn oder sie von Anfang an über das zu informieren, was noch auf sie oder ihn oder sie zukommt, zentriert sich in dem harten Versuch, ihren Klientel gegenüber das an Wertschätzung, Echtheit und Empathie bereitzustellen, was ihrem oder seinem oder ihrem Begehren gerecht werden kann.

Von der Scheu frei, Dinge anzusprechen, die nicht im direkten Zusammenhang mit den vorgetragenen Leiden stehen, wird Dr. Allbach sich bemühen, offene Fragen so zu beantworten, dass die Klienten mehr Wissen über Beschwerden und deren Böden bekommen, auf denen sie ungehemmt gedeihen können.

Oder anders formuliert, kann ein Boden auch Falltür sein. Die Abgründe darunter sind Tragik, Schmerz, Schrecken, Trauer, Angst – vermeidbar, oder nicht - für sich genommen teilweise genial; aus denen die Doktorin mittels eines Prozesses der Selektion dahinter eine manifestierte Veränderung herauszubilden bestrebt ist, in der Flexibilität zu einer festen Gewohnheit werden kann.

Nun ist an solch frühem Punkt der Gegenstand bereits benannt, der hier zum Objekt gemacht wird und es droht vielleicht im Gehen inbegriffen, all die prall ausstaffierten Lichtschneisen der freigelegten Schatten zu versäumen, die das Objekt verdeckt, wenn man sich nicht um den Punkt herumbewegt.

Oder die Scharniere der Falltür quietschen noch zu laut. Kann auch sein.

Noch leicht erhitzt betritt sie in beigen Trenchcoat gekleidet die Praxis, registriert das leere Wartezimmer, begrüßt ihre Sprechstundenhilfe und zupft das Blumenbukett am Tresen in Form.

„Wir sind wohl noch für uns."

So ganz nebenbei gesagt, gibt es Dinge, die keine Missachtung verzeihen. Gedanken, die in ihrer Abfolge den Forderungen der gedachten Bedeutung gehorchen. Mit ihnen lässt sich vorzüglich Prozess machen, der womöglich in den Köpfen ablaufen könnte oder gar soll.

„Die anderen kommen später. Ihr erster Klient erwartet sie bereits."

Stets in feste Fassung gegossen, leuchtet ihr der Abdruck eigentlich hellwach entgegen.

Warum der Daumen der Doktorin deshalb in den jungfräulichen Blütenstaub taucht, wird sie selbst nicht mehr sagen können, wenn er am Schluss noch wie blankpoliert zu sehen sein wird und entgeht ihr. Obgleich sich ihre im Lichte der Nacht konditionierte Energie des Morgens üblicherweise den gesamten Tag anhält, herrscht mit jedem neuen Fall die Klarheit vor, Konzeptionen, Sorgen und deren ausführende Subjekte, die sich ihr gegenüber in Stellung bringen, in freier Wildbahn nicht isoliert vorzufinden. Erst wenn die Kanten fixiert sind, können Gegengewinde Zergehendes formschlüssig zusammenziehen; wie es zu ihrer Vorbereitung auf Kommendes gehört, ihr Werkzeug parat zu haben.

Durch gewerblich ausgiebiges Erfassen von Störungsursachen und deren prognostischer Behandlung selbst ein vermittelndes Element zu sein, gibt ihr die freie Hand, persönliches Empfinden sequentiell in die eigens angeeignete Rechenmaschine einzugeben und für das passende Argument lediglich auf = zu drücken – das ist ihr kein Aufwand, der ergänzend weitergegeben werden kann; und dieser Umstand ist ihr alles.

Die Entscheidung, was wichtig ist und was nicht, liegt dabei solange bei der Ärztin, wie die Klientin oder der Klient nur noch auf das antwortet, was er sich hinter jeder Lüge selbst zu fragen beginnt.

Doch die Annahme, im Vorzug zu sein, macht ebenso fehleranfällig wie Privilegien, die überhaupt keine sind; und so denkt sie sich eben nichts dabei, als der erste Klient des Tages die beirrt dreinblickende Therapeutin bereits in ihrem Sprechzimmer erwartet und ihre Kollegin der Rüge nur entgeht, weil es wohl kaum jemand mag, einen Fremden unbeaufsichtigt an seiner wichtigsten Wirkungsstätte zu wissen.

Sie legt Duft auf.
Ihre nackte Sachlichkeit bedarf keiner Unterwäsche.

Ihre Rückschlüsse trägt sie bündig.

Dr. Allbach bedeckt sie eilfertig in dem kleinen, tapferen Labor schräg gegenüber nur mit einem figurbetonten Arztkittel, nachdem sie sich ihres Trenchcoats und den ausgetretenen Pumas entledigt hat, beachtlich schnell in kniehohe *Louboutin*-Stiefel schlüpft und sich schon längst von allem abgelassen in den Kitteltaschen nach ihrer Brille kramend auf ins Sprechzimmer macht. Dem Teppich nach hatten keine Manieren den Vorzug.

Die Doktorin betritt das Untersuchungszimmer, erkundet sich nach seinem Befinden und fordert den Klienten auf, ihr den Grund seines Besuches zu erzählen.

Die eingerichtete L-Form der Cognacfarbenen Sitzgelegenheiten lässt vielen Varianten Beweglichkeit und soll die Aussicht eröffnen, um die Ecke zu denken. Mit jedem neuen Fall spannend zu sehen, wie positioniert wird; liegen so Notizen und Unterlagen nicht dazwischen, um ungewollt eingesehen werden zu können.

Man fragt sich, ob es echt ist.

Ein Gemälde von Francis Bacon ragt in edlem Rahmen hinter der Therapeutin, die sich an einem massiven, mit rotem Leder bespannten Schreibtisch ihrem Klienten gegenübersitzend Unterlagen zurechtlegt, eine Mappe nimmt, öffnet und die erste Sitzung ihres neuen Falls aufnimmt.

„Wenn Dinge begonnen haben, derart Überhand zu nehmen wie im vorliegenden Fall, ist eine psychologische Feststellung erforderlich, für die ich Ihr Mitwirken brauche. Ich bin also sehr erfreut, Sie begrüßen zu dürfen."

Auch wenn der Name dem Klienten im Moment direkter Konfrontation ihrer Grazie nicht mehr einfallen will - seine Frau hat nicht zu dick aufgetragen: ihre haargleiche Ähnlichkeit zu dieser Berühmtheit – ein Vielfaches größer als die Allbach selbst - der Vorname Begriff, Auszeichnung, Diva, Schokolade mit Kokos, dem Nachnamen nach Handwerk und Beruf; ist frappierend und kann schnell zur Gefahr werden, die Kontenance ihres Klientel ungefragt eines spontanen Tests zu unterziehen.

Ihr hypnotischer Duft ist ihm zu edel.

Selbst weder Nutzen noch Schaden abwägendes, individuell modifiziertes Verhalten vermag sich nicht an der Griffigkeit festzuhalten, die Dinge annehmen, die ihrem Ende entgegengehen. Manch Schaffen sprengt jeden psychologischen Rahmen beziehungsweise nimmt ihn und biegt daraus formschöne Artefakte.

Ich fange dort an, wo der andere steht.

Sie blickt lächelnd über das schwarze Gestell ihrer Brille hoch, „versuchen Sie sich zu entspannen. Wir sind hier ganz für uns - und würden Sie das bitte wieder zurückstellen…"

Eine kräftige Hand schiebt den Briefbeschwerer auf dem Schreibtisch zurück an seinen Platz, in den hier schon in wechselnder Besetzung vergnüglich hineininterpretiert wurde, was es darstellen soll, wenn die Blicke ausweichend werden oder man gerade nicht weiß, wie man unbehaglichen Bangen begegnen soll.

„Danke sehr. Wo bin ich stehen geblieben? Ach ja, seien Sie unbesorgt: Die Psychologie steht und fällt mit ihren Definitionen."

Mit der Entwicklung eines einzuhaltenden Plans wird festgelegt, wie viele weitere Termine für die Überwachung des Problems nötig sind, um es bestimmen zu können.

Dr. Allbach notiert römisch X und wartet die Reaktion ihres Klienten ab, der sich frei von Vorschlägen unbeeindruckt zeigt.

Besprochene Themen den persönlichen Umständen des Gegenübers seinem Bedürfnis nach Information entsprechend festzulegen, nimmt das Typische daran, was frei von Gnade in Versuchung führen könnte, bei aller Pflicht zur Aufklärung nur genau danach zu fahnden.
Sie sollen alles verstehen.

Großformatige Bögen rutschen übereinander vom übervollen Förderband der Sortieranlage nach unten, welches das Papier in die Presse stürzend nach oben transportiert. Kontinuierlich und unbändig flappen die Blätter übereinander.

Plastiksäcke werden mit Messern geöffnet.

LKWs donnern Staub aufwirbelnd über das von der prallen Mittagssonne getünchte Areal. Ein zu großgeratener Dobermann jagt ihnen kläffend hinterher, bis er sie eingeholt hat – er holt sie alle ein – sich gelangweilt abwendet und sein nächstes Ziel ins Visier nimmt.

„Eine einfache Umdeklarierung wird in diesem Fall nicht ausreichen. Wäre es zum Beispiel mit Glas vermengter Haushaltsabfall oder Elektroschrott, wäre es nicht so wild. Aber so."

Über Thomas, der unter der hoch angebrachten Überwachungskamera mit dem Telefon am Ohr über den weitläufigen Wertstoffhof geht, ist nicht sicher, ob ausgewaschene Jeans und enggeschnittenes Flanellhemd die Strahlkraft des Machtmenschen nun eindämmt oder stärkt.

Ein sympathischer Typ, stets ein Lächeln auf den Lippen. Die Müllkralle gräbt sich mühelos tief in Metallschrott ein, als hätte dieser keinen Widerstand.

„Zweck heiligt die Mittel, wenn es wirklich um was geht. Und in diesem Fall spreche ich als Privatperson", so der böse Wolf am anderen Ende der Leitung weiter.

Thomas bleibt Überlegungen abwägend von der Wirkung der persönlichen Ebene nicht unverschont.

„Es dreht sich letzten Endes allein um die Frage, ob es noch eine funktionierende Sache sein kann oder nicht." - „Wir würden wohl kaum miteinander reden, wenn dem so wäre. Ich suche lediglich jemanden, der diskret ist. Sind sie so jemand - oder müssen wir neu ausschreiben?"

Thomas lässt den Blick über den Hof schweifen und das Gesagte einen Moment lang wirken. Sein Blick bleibt an einem Abfallberg hängen, aus dem ein metallisches Gebilde ragt, an dem sich der Dobermann verbeißt und versucht, es herauszuziehen und dessen vorherige Funktion sich ihm nicht erschließen will, aber so als Installation einer Galerie entnommen worden sein könnte - die Krümmung der Geraden, oder so.

Vorlesungssäle voll von Studenten könnten es in all seinen Facetten erörtern und doch ist es hier an diesem Ort.

„Ratten meiden McDonalds-Müll. Da dürfte eigentlich nicht viel passieren. Ivan, bei Fuß!"

„Das ist ein Witz, oder", doch, nein, Thomas ist in seinem alltagseingezäunten Blicktunnel nicht in der Stimmung, den bösen Wolf zu belustigen und lobt den Hund, der aufs Wort folgend angaloppiert kommt.

„Das ist nicht komisch. Nach dem ersten Monat im Abfallgewerbe war Schluss mit Fast Food."

Ein Müllwagen fährt dicht an Thomas vorbei. Hänger, ein volltätowierter Muskelberg von einem Mann, gibt ihm beim Vorbeifahren einen etwas zu strengen Klaps auf die Schulter mit und braust frech grinsend auf dem Trittbrett stehend davon.

Der Hund jagt gleichauf hinterher. Thomas verliert dabei fast Telefon und Gleichgewicht.

„Dann sind wir uns einig?"

Den Abzug längst ausgelastet, tüncht dichter, schneller Dampf die Küche, den Abend ein und schürt die Schwüle weiter an. Richard stockt an der Kochinsel eng hinter Maria und inhaliert intensiv den betörenden Duft ihres feuerroten Haars. Auf den blauen Flammenkronen des reguliert fauchenden Gases unter ihren Sohlen fordern die Speisen in den Pfannen und Töpfen zischend sämtliche Sinne zu einem brodelnden Tanz auf.

Er mustert jeden Zentimeter Stoff an ihrem Sommerkleid im Detail, dass nur knapp die bleiche Haut ihrer ausgeprägten Weiblichkeit bedeckt und rasch angehoben werden kann.

Maria wischt sich mit dem Handrücken den Schweiß von der Stirn, beugt sich leicht vor, atmet mit der Konzentration ihres leeren Blicks tief durch und stützt sich ab.

„Du musst ihn ganz fest reindrücken. Und wenn es geht: ich brauch es heute noch…"

Seine zertrümmerte Schulter hat ihn verlangsamt. Er zieht Schwierigkeiten an und bereitet der Familie große Sorge, so kennt man ihn, das hat er von seinem Vater.

Gepaart mit einem fordernd stechenden Blick, jedoch, unterstreichen seine filigran charismatischen Gesichtslinien unter den nachlässigen Stoppeln das Ungestüme seiner noch nicht lang angebrochenen Volljährigkeit überhaupt erst, verleihen seinem schelmischen Lächeln Unwiderstehlichkeit und macht dadurch selbst die Taffen baff. Fällt ihr jedes Mal aufs Neue auf.

Und sie selbst ist ziemlich taff.

Doch Maria weiß auch, dass man mit einem derart feschen Äußeren gewiss häufiger der Auslöser einer Wirkung, statt nur deren Reaktion ist, wie er uns dann immer weißmachen will.

Sie könnte sich da so aufregen, sagt aber nichts. Sie hat gelernt, das rote Tuch von ihrem Mann Tom besser im Schrank zu lassen. Richard registriert ihre Erregung, die man sehen kann - wenn man nicht den Körper, aber seinen Menschen kennt. Bei ihrer Klasse kann er die Worte, die er ihr jetzt so quälend gerne geben würde - oh ja, und er wüsste genau, was er würde - nur in sich hineinfressen. Und er frisst hinein, frisst den ganzen bitteren Geschmack, den das alles hat. Der blank gebohnerte Boden ist voller Eierschalen.

Sie hätte es so verdient, das macht es ja so unerträglich. Bitter. Wirklich bitter.

Es ist nicht immer einfach, den Stab da reinzubekommen, auf Hüfthöhe, beide Hände und mehr immer mehr bereit zur Aktion.

Der schwerer werdende Dampf nimmt zu.

Die Ängste unter aufgeschüttetem Gestein explodieren im Talent. Nichts zu geben, niemand, der was will; bleiern im Gewicht und wer behauptet, es besser zu können, bleibe bitte stehen.

Am Ende der Sitzung gehen die Bomben hoch - sie hat schon darauf gewartet.

Wenn er reingeht, wird es voll im Beichtstuhl.

„Sobald das organisierte Ich abgedankt hat, dringen seine unterbewussten Erfahrungen, unbewussten Befürchtungen und Hoffnungen an die Oberfläche und streben danach, die Führung zu übernehmen", ergibt sich Dr. Allbach für eine schutzlose Weile dem musternden Blick ihres Klienten. Die Frau ist in Form.

Seit er hier ist, umnachtet der hypnotisierende Hauch ihres Duftes den Nachmittag.

Äußerst feminin, sehr subtil.

Über den Rezeptblock gebeugt, faltet sich der Abstand zwischen den Knopflöchern ihres Arztkittels genau auf BH-Höhe auf, aber darunter kommt nur nackte Haut zum Vorschein.

Das Eingeständnis, wenn hier jemand provozieren kann, dann sie, drängt den Klienten in sein eigentliches Desinteresse am Ausgang des Ganzen zurück.

Es geht ihm nicht gut, nicht zu leugnen, aber nicht aus den Gründen, die ihn überhaupt erst hierher bewegt haben, nein. Die eigentliche Sache weit dahinter deponiert, lehnt sich die Taktik des Klienten selbstbewusst an einer schönen, aber kahlen Mauer an und weiß dabei nicht, dass sie der Doktorin ein Köder ist.

Das eigene Anliegen stets selbstbezogen auf die erste Stelle zeigen zu lassen, zäunt dein Wesen ein, Hübscher.

Keiner weiß das besser als sie.

„Versuchen Sie, ihre Möglichkeiten über die Hintertür aus ihrer Verbauung zu lösen."

Der Klient dreht sich fingerzeigend nach der einzigen Tür des Sprechzimmers um, „die hier?"

Die Therapeutin reißt, über den schwachen Scherz gestellt amüsiert, das Rezept ab, reicht es dem Klienten und ist erleichtert, erleichtert, am Ende der Probe zu sein, an der ihre Geduld die verstrichene Stunde lang teilnahm.

Ihr Gegenüber konnte als Person allein nichts ausrichten; wo nichts gesehen werden darf, was man nicht macht oder sich nicht gehören würde.

Wenn der innere Kern stark genug durch Mark und Bein geschockt daran gehindert wird, Stand zu fassen, bleibt ihr nur mehr der Vergangenheit einen Pfad aus dem Kopf zu legen, um etwas Falschem in der richtigen Richtung zu zeigen, was übersehen wurde. Er hat getan, was ging; aber wenn der Rest der Welt anderer Meinung ist, bleibt selbst die der Therapeutin nichtig und sie kann sich in seinem bestimmten Fall auf die Spannungsfelder beschränken, die sich voller Möglichkeiten in den Dissonanzen eröffnen.

Jetzt versteht sie auch, in Anbetracht einer vorangegangenen Sitzung, die ihr in den Sinn kommt, wie das gemeint war: *trotzdem ist er der Sohn seines Vaters.*

Der Klient versucht seinen Blick auf das Rezept beiläufig zu halten, was ihm aber misslingt; ist es doch nicht das, was er ausgerechnet hatte, zu lesen. Wieder keine stärkeren Dämpfer. Wieder nicht an den eigenen Medizinschrank. Der nächste Dämpfer. Er wollte die von einst, als alles noch ganz frisch war. Bringen schön runter, könnte er gebrauchen. Die Freundin würde sich auch freuen.

Wäre hilfreich. *Blockaden halten wir gern im Körper fest*, hatte sie ihm früher beiläufig gesagt.

„Wie sieht es mit was Anderem aus? Das wäre mir hilfreich, könnte ich gerade gebrauchen".

Der Klient findet aus Versehen den Ausgang seiner verworrenen Schlupflöcher, aber, wenn´s darauf ankäme, würde er auch betteln und stehlen.

„Versuchen Sie, hiermit auszukommen."

Schönheit hat eine irritierende Strenge, wenn sie die geringste Abweichung von Standpunkten unterbindend darauf wartet, dass die Karten auf den Tisch kommen. Der Klient geht in die Pause.

Keine dieser Kunstpausen, von denen er sonst so unausstehlich gern Gebrauch macht. Die Dinge auf dem Schreibtisch liegen nicht symmetrisch zueinander, doch auch ohne die Schulter würde er betteln und stehlen und es sind Bereitschaften wie diese, die beim Abschnallen nicht auf das Tempo der beteiligten Umgebung achten lassen.

„Schon beachtlich, sich mit all dem auseinanderzusetzen."

Die Pause ist vorbei.

„Was wäre, wenn ich helfen könnte, diesen ganzen Unfug aufzulösen?"

Der Stift in Dr. Allbachs Hand fällt langsamer als sie die Herausforderung akzeptiert, während die Unnachgiebigkeit ihres Wesens vorgebeugt der eigenen Güte aus den Schuhen hilft und das Heft in die Hand nimmt.

„Wenn Sie wirklich das *Was-wäre-wenn*-Spiel spielen wollen - nun gut."

„Das kann doch jetzt nicht euer Ernst sein?!"
Die Mittagssonne neigt sich in den Nachmittag und lässt auf dem stetig dahinströmenden Fluss im Nanosekundentakt kleine Inseln aus funkelnden Diamanten erscheinen und untergehen.

„Bitte helft uns!"

Ja, hier kann sie schreien. So laut, wie sie es damals nicht konnte, es sich immer noch nicht traut, aber hier, hier kann sie es, schreien, bis die Lunge brennt. Hier hört sie niemand.

Maria und ihre präpubertäre Nichte Gianna treiben in einem Ruderboot durch die satte Flusslandschaft langsam der Schleuse der Staustufe entgegen, die sich zu öffnen beginnt und das Boot zu schaukeln zwingt. Gianna liegt reglos am Kopf blutend im Boot. Ein auseinandergefaltetes Stück Papier liegt neben ihr, auf dem ein Pfeil gezeichnet wurde, der in beide Richtungen zeigt.

Das Boot fährt in die Schleusenkammer hinein, um über die Kanalstufe den Wasserstandunterschied zu überwinden.

„So hilf mir doch jemand!"

Die hallenden Stahlwände wiederholen bekräftigend Marias Flehen, bleiben aber eine Entgegnung schuldig. Die Tore schließen sich.

Das einströmende Oberwasser hebt Boot und Niveau an.

„Nicht mehr lange. Wir haben es gleich geschafft. Gianna, es tut mir so leid! Ich verspreche dir, wir werden eine Flussfahrt machen. Wie ich es dir gesagt habe."

Ein Golfball prallt von oben an einer Schleusenkammerwand an die andere und schlägt am Bug des Bootes ins Wasser ein.

„Wow, der ging baden!"

Die hohen Lichtkugeln am Ende der Laternen lassen das Grün glühen und spiegeln sich klein und grell auf der tiefschwarzen Oberfläche des Sees, ziehen Schatten in die Länge, als wollten sie vor ihren Körpern fliehen.

Hänger, gekleidet in einer heruntergekommenen, hochgekrempelten Latzhose und schweren Sicherheitsschuhen, verharrt mit dem Schläger im vollzogenen Schlag und schluckt den Hass auf Thomas' allerbeste Eigenheit hinunter, für jeden Offensichtliches laut auszusprechen.

Dass, gepaart mit dem Hang seiner Frau, immer das Gleiche zu wiederholen, machen die Beiden zu einem unschlagbarer Paar, zu dem Haken, von dem einem vor der Hochzeit niemand etwas gesagt hat und die Flucht in die kleine Männerrunde auf der nächtlichen Driving Range unabdingbar gemacht hat. Nie hätte er gedacht, je so weit zu kommen.

„Na ja, was soll's. Ich sag doch: ein Scheiß."

Im Golf ist man stets selber schuld.

Es wimmelt nur so von Fehlleistungen.

Er vergisst immer, welche Technik und Leichtigkeit in diesem imposanten, tätowierten Kraftmenschen steckt, denkt sich Thomas so, als Hänger das Eisen zwischen den Fingern einer Hand drehend die Luft zum Heulen bringt und es rücklings blind und sicher in die Schlägerkammer versenkt.

Aber sie kommen schon lange nicht mehr her, um nur zu golfen. Das zieht es eben nach sich, wenn die Menschen um einen herum im Beruflichen wie im Privaten die Gleichen sind.

Nie hätte er gedacht, je so weit zu kommen.

Kollegen. Vorgesetzter.

Schwager. Angestellter.

Mann der Schwester seiner Frau.

Abhängig.

Aber Abhänger.

Aus der Ferne kann man nicht sehen, wie verheerend nah da die Dinge liegen.

Spiel macht für seine Dauer aus Unterschiedlichem Gemeinsames. In ihm wird schnell das Wesen derer deutlich, die es ausüben. Defensive. Angriff. Taktik. Das Verhalten im Umgang mit Sieg und Niederlage. Stil und Haltung; sichtbar wie verborgen. Doch das Wichtigste an der Sache, weiß Thomas: Spiel muss nicht zu beiden Seiten gespielt werden.

„Wir müssen noch über die Leine sprechen. Habt ihr euch nun entschlossen, sie noch dranzumachen oder lasst ihr sie weg?", bereitet sich Thomas gar nicht erst den Umstand, sich vorsichtig heranzutasten.

Hänger greift in die Golftasche auf dem Trolley, zieht eine Dose Bier hervor und öffnet sie. Das Zischen der austretenden Kohlensäure legt sich kurz über das Zirpen der Grillen. Hänger nimmt einen großen Schluck und rülpst mit lautem Organ über den ansonsten verlassenen Golfplatz.

Thomas zieht es alles zusammen, aber er lässt es sich nicht anmerken.

„Wird er dir hart davon, oder warum sagst du das so?"

„Du weißt, was meine", versucht Thomas den Ball unter Hängers skeptischen Blick noch zu fangen.

„Das ist es ja. Lass einfach mal den scheiß Köter aus dem Spiel. Wir reden hier von meiner Tochter."

„Keine Gegenmaßnahmen?"

„Was soll ich von der Straße aus machen? Du hast doch gesagt, deine Frau hat gesagt, die Ärztin sagt, diese Wut sei normal."

Der CEO ist da etwas pessimistischer.

„Hast du das Gleiche gesehen wie ich?!"

Die Spitze des Tees bohrt sich in den Boden. Der darauf platzierte Golfball kommt zu Ruhe.

Hänger beschränkt seine Antwort auf einen weiteren Schluck Bier.

Thomas macht sich zum Abschlag bereit.

„Das Mädchen sah schlimm aus. Wird sie auf der Schule bleiben können?" - „Ach, weißt du, ich bin mittlerweile soweit, mich mit den Dingen erst auseinanderzusetzen, wenn sie so weit sind."

Der Impuls zweier aufeinanderstoßender Körper wird frei, die Beiden folgen der Flugbahn des hart abgeschlagenen Balls bis zu ihrem Scheitel, bevor er in den freien Fall auf das Putting Green beschleunigt, an das aufspringende Bullauge einer Waschmaschine prallt und direkt ins Loch gelenkt wird.

Thomas zieht den Trolley hinter sich her, Hänger geht etwas voraus, doch als sie dem Green nahe genug sind, stoppt er und lässt Thomas vorausgehen, der sich erst nicht sicher ist, ob er richtig sieht; aber doch, tut er - da steht eine Waschmaschine, inmitten eines überdimensional großen, grünen Kreises.

„Was zum Teufel - wo ist der Ball?!"

Versenkt und gleich gefunden, beugen sich Thomas und Hänger über das Loch; einer davon beeindruckt, der andere im falschen Film.

Der Chef löst sich als Erster aus der Starre, fährt mit den Handflächen die Knöpfe der Maschine ab, als würde er es sonst nicht glauben.

„Yep, Golf ist ein Spiel fortwährender Notlagen."

„Welches Arschloch..."

Hänger nimmt einen tiefen Schluck aus seiner Bierdose und blickt schuldbewusst zu Boden.

Thomas lässt es gut sein und macht sich an seinem Equipment zu schaffen.

„Uns ist da neulich übrigens was Blödes passiert..."

Die Teppichfasern des nächtlichen Obergeschosses dämpfen Ninas schleichende Schritte aus ihrem Zimmer, um sich noch einen Schluck zu trinken zu holen, von der verbotenen Cola, die sich vor dem Schlafen gehen nicht spielt; da kann sie so alt werden, wie sie will.

Das wäre mal ein Tweet - sie könnte sich nirgendwo mehr blicken lassen!

Aber so viel Schokolade macht durstig, wenn man schon die Bauchschmerzen hinnimmt.

Hinter der Spaltbreit offenen Schlafzimmertür, in dem eine Stunde längst nur wenige Sekunden lang dauert, seit die Zeit dafür endlich da war, dringt verhalten das lüsterne Knistern zweier Menschen hervor, die sich in der Aussichtslosigkeit verlieren, den Widerstand überwinden zu können, der einem der andere Körper ist.

Nina macht kehrt, um ihr Smartphone zu holen, bevor sie einen Blick hineinwagt und am Ende doch kein Foto - oder Video, das wäre noch besser gekommen - gemacht haben wird.

Wenn das Verlangen nach Vergeltung nicht viel Zeit braucht, um darauf zurückzugreifen, wird sie das noch lange bedauern, ein solches Druckmittel damals gar nicht erst in die Hand genommen zu haben. Nina kann Mama ja schlecht nochmals unbeobachtet breitbeinig auf Thomas´ Gesicht setzen, dessen Kopf von ihrem Nachtkleid bedeckt, kaum mit Schlucken hinterherkommend.

Maria klammert sich ans Bettgestell, dem leisen Ächzen des kühlen Metalls selbstvergessen ergeben, weit weg von der säuerlichen Herbe ihres warmen Urins, der sich im Rachen ihres Mannes staut.

Sie braucht ein paar Bilder der Tür, die sich heimlich öffnet - das letzte davon, lächelt sie vorher noch an; *aber verdammt* - da steht Nina!

„Schatz, warte! Hiergeblieben!"

Ihrer Tochter entgegen, stürzt sich Maria von Thomas runter, der sich am Urin verschluckt und durch die Nase ausprusten muss.

„Im Ernst, du lässt dir ins Maul pissen? Und die Kleine hat es gesehen?"

Hänger, die personifizierte Unangemessenheit - das weiß er nicht erst seit eben - beginnt seinen Chef, den perversen, spöttisch zu belächeln und nimmt einen weiteren genüsslichen Schluck.

Da schau an.

Er wusste, dass es bei denen zugehen muss: ein an Maßlosigkeit leidendes Kind und eine Alte daheim, die ihm keinen Meter gibt.

Abends vögelt er ihr dann die Härte raus.

Aber er wird sich hüten, was zu sagen, denn er darf seine Frau dann wiederhaben; würde er es denn tun.

„Sheriff, spar dir die Klavierstunden - oder was nimmt der örtliche Psychiater die Stunde" - und damit hat sich das Thema.

Soll Hänger den Punkt haben.

Soll ihm recht sein.

Der Hund muss noch gefüttert werden.

Und wenn der Schlaf seiner Frau gnädig ist, hat er heute noch eine Verabredung.

Das Eisen energisch durchgeschwungen.

Aufgestautes trachtet nach Freiheit.

Ziele werden über Etappen erreicht. Der letzte Wassergraben. Ein Schlag noch zum Haus.

Morgen wieder ein neuer Tag. Es ist das letzte Loch. *Hat ja alles keinen Wert.*

„Ironie lehrt dem Praktiker die Theorie, finden Sie nicht auch?"

Die Bandbreiten werden angepasst.

Der Klient sitzt, angeschlossen am Stresstest einer Biofeedback-Messung und völlig immun gegen ihren Charme, der gönnerhaft lächelnden Dr. Allbach gegenüber.

„Na, wenn ich davon wieder gesundwerde, Frau Doktor."

Für ihn ist sie nur eine etwas bessere Proletin mit Abschluss; und doch hat sie es irgendwie fertiggebracht, ihn nach einem langen, zähen Arbeitstag an diese Maschine einzuspannen, die seinen Atem musizieren lässt. Eine lieblich, clowneske Tonabfolge kommentiert alles, was er sagt.

„Und könnten sie das bitte abschalten? Das macht mich, na, sie wissen schon..."

Der Computer unterlegt jeden Atemzug seiner tiefen Stimme mit Quizshow-Musik; bestenfalls. Das leichte Chromgestell des Ledersessels gerät unter der Statur des Kandidaten an die Grenzen seiner Belastbarkeit.

Er würde jetzt gerne einen Joker nehmen.

Dr. Allbach widmet sich kurz und schmunzelnd ihren Notizen, beobachtet aber im Augenwinkel ganz genau, wie sich die kunterbunten Muskelberge des verkabelten Riesen nach ihren Aufzeichnungen strecken. Die Stahlkappen seiner Stiefel und der deutlich misslungene Haarschnitt vervollständigen den elektrischen Stuhl – *ein*

Freak; aber Spitznamen gibt es nur bei einem markanten Merkmal.

„Ich bitte noch um ein wenig Geduld. Aber kommen wir nochmals darauf zurück: all das sind intime Details, die ihnen ein Freund im Vertrauen mitgeteilt hat –"

Der Klient, sichtlich angefressen, überhaupt hier zu sein, unterbricht sie, „- um letztlich auf das Problem des Freundes aufmerksam zu machen", und wedelt dabei mit der Hand, als würde das zur Erklärung beitragen.

Die Sampling-Raten steigen an.

„Und wann reden wir endlich über Sie?"

„Wie ich ihnen bereits sagte: Ich bin ein Müllmann." - „Das ist ja nicht alles."

Nein. *Da sind Dutzende.*

Eigentlich nur das wohlverdiente Abendessen im Kopf – er will endlich wissen, wie weit sie mit Gianna sind – legt er sein ganzes Gewicht in den Stuhl, um der nervigen Alten was zu spenden, was sie endlich Ruhe geben lässt.

Aber cool, die Sisi-Nummer von ihr.

„Ich wühl im Dreck anderer Leute. Es reicht gerade so für das bisschen Anspruch, aber was will man machen?", so hungrig gefesselt am multimedialen Neurofeedback.

„Nein, so war das nicht gemeint. Wieso sind Sie hier?"

Eine weitere statistische Auswertung, weit ausgeholt. Bitte nur Daten - *danke*.

„Weil gerade nichts Anders anliegt und meine Frau es so will."

Dr. Allbach gemahnt sich ihrer Professionalität, fegt die aufkommende Ungeduld mit einem Lächeln beiseite und bemerkt die Faszination, die ihr Briefbeschwerer scheinbar ausübt. Er beugt sich vor und sieht sich das Ding genauer an.

„Witzig, was sie sich auf den Tisch stellen."

„Hören Sie, Ihnen ist etwas sehr Schlimmes widerfahren. Wieso sträuben Sie sich so, mit jemandem darüber zu sprechen?"

Würde er das wirklich wollen, er wüsste nicht, wo er anfangen sollte. *Wirklich nicht,* zu sehr ist das alles - „nun, eigentlich will ich nur ein wenig therapiert, und nicht geheilt werden - von was auch immer."

Dr. Allbach befreit den Klienten von den Elektroden und säubert ihn von der Paste.

„In einer kranken Welt ist man als gesunder Mensch verloren; hab ich mir sagen lassen", vervollständigt er sich stolz grinsend selbst.

Es ist ihr unvorstellbar, wie seine Frau zu einem solchen Mann gekommen ist, „und manche Leiden übertünchen nur ein noch weit größeres Übel."

Wow.

Der Dame ist nicht beizukommen, aber wenn sie nicht anders will, „in den gleichen, tiefen Gewässern wie sie zu schwimmen, muss hart sein, Frau Dr."

Der Klient lässt sich genervt zurückfallen, schnappt sich den Briefbeschwerer vom Schreibtisch, wirft ihn von Hand zu Hand und wagt sich der roten Linie weiter entgegen, „im Ernst, wenn mir wirklich Mal was fehlen sollte, hätte ich doch gern einen richtigen Arzt."

„Ich stehe nicht in der Diskussion, mich vor Ihnen rechtfertigen zu müssen", zeigt sich ihre Fassung sattelfest.

„Hat auch kein Schwein verlangt, Doc. Andere Frage: bleibt es bei ihren abgehobenen Anmerkungen oder schließen sie mich nochmal an irgendwas an?"

Dr. Allbach lehnt sich zurück, streicht über das Kirschholz ihrer Armlehne und sinniert einen Moment über den Preis, den ein solch anständiger Mann wie er haben kann.

Schade um den Ertrag, doch Beherrschung senst das Vorfeld nur unzureichend ab, wenn man unmäßig auf die Aufmerksamkeiten bedacht ist, die es erst noch zu ernten gilt.

Die Doktorin wird dafür zu sorgen wissen. Schlimm, wie gut manche sind; er würde sich keine Vorstellungen machen – aber das kommt noch.

„Die bisherigen Anschlüsse reichen Ihnen noch nicht? Gut. Gehen wir es an."

Selbst bei Nässe erschwert ihr die raue Landschaft ihrer spröden Hände, so nach ihrem angestammten Sachgebiet greifen zu lassen, um auch andere auf den Glanz aufmerksam zu machen, der darunter gewiss noch immer geduldig verborgen liegt.

Es ist nur eine Zeit lang her, dass das Leben Maria hat nachsehen lassen. Stofffasern reiben im angestauten Wasser des geschmackvollen Waschbeckens hurtig aneinander. Aus der Küche rauscht die geschriebene Realität des Vormittags bis in den Sonnenuntergang des enormen Fliesendekors im Badezimmer.

Unter dem tropischen Badestrand, auf dem kein Sand zu sehen ist, aus dem die Brandung Spuren hinfort spülen könnte, halten hartnäckige Blasen bräunlichen Schaums sie heute davon ab, sich über diejenigen zu erbosen, die halt - wenn auch schlecht - einen Platz eingenommen haben, der so gerne der ihrige wäre, während sie eingefahren im Vorbeigehen achtend darauf wartet, ob sich der ein oder andere ihrer bislang schmalen Beiträge in die zahllosen Unterbrechungen verirrt und etwas vergangenes Konfetti auf die Einsamkeit ihrer prunklosen Hausfrauenparade abwirft.

Regen wir zum Kauf an, morgen wird es wieder was Anderes sein - aber für ein paar Momente wäre sie Königin. Wenn andere es viel schlechter machen, als sie selbst, macht sie erst recht damit weiter. Irgendwann.

Ach, verdammt Nina, das kann doch nicht dein Ernst sein?!

Sein Puls will immer noch nicht nach unten gehen. Der warme Kranz um seine Ohrmuscheln wird breiter. Mit dem astreinen Gefühl, gerade nochmals davongekommen zu sein, kommt Thomas schon von weitem hörbar gut gelaunt pfeifend den Gang entlang am Badezimmer vorbei; besser gesagt am Blick seiner Frau, der einer Schranke gleicht, die ihn nicht passieren lässt, bevor er keine verdammt gute Erklärung auf Lager hat, was er um diese Uhrzeit zuhause verloren hat.

Er stellt das Pfeifen augenblicklich ein, greift wie vorbereitet, aber beiläufig in die Hosentasche und braucht dabei nicht einmal Marias gequälten Gesichtsausdruck und den süßlich-beißenden Geruch in der Luft wahrzunehmen, um zu wissen, dass die Kacke am Dampfen ist.

„Was hast du hier verloren?"

„Hauptschlüssel vergessen."

Thomas zieht den Schlüsselbund hervor und würde ihr damit gerne vor der Nase rumklimpern, aber das wäre jetzt nicht angebracht.

Ihren Grenzen nahe, nimmt sich Maria zusammen, wo sie kann, während Thomas mit der Überwindung ringt, bei seinem Adrenalinpegel angemessen auf die Situation einzugehen.

Gerne hätte er wieder mehr von ihr, dieser feuerroten Schönheit vor dem kitschigen Sonnenuntergang, der ihm einiges abgerungen hat - sieht doch die Sonne für ihn mehr wie ein beobachtendes Auge aus; nicht nur in diesem Augenblick.

Doch wenn sie was merkt, ist er fällig.

Das gilt es zu vermeiden, also deutet er auf die eingeweichte Unterwäsche ihrer Tochter, „oh, oh - schon wieder?"

Zwar zieht sie ein nasses Wäschestück aus der Brühe und hält es ihrem Mann hin, aber sie wartet schon gar nicht mehr auf Angebote seinerseits.

„Ja, mein Lieber. Schon wieder. Hübsch erniedrigend, magst auch mal?"

Thomas weiß nicht, wie er sich verhalten soll und muss im Spiegel panisch in aller Ruhe feststellen, wie sein Kopf hochrot anläuft.

„Schatz, ich rede mit ihr. Wir bekommen das in den Griff."

„Ja? Hat der Griff auch ein Datum?"

„Du musst nicht immer gleich so gemein werden."

„Ich kann es nicht mehr hören, Tom", aber da ist sie nicht ganz allein. „Himmel, sag mir doch, womit habe ich das verdient", gleichwohl sie als auch ihr Mann wissen, dass sie auf diese Frage nichts Ernsthaftes erwartet.

Viel lieber schnauft er durch, als wäre er es, der die Anstrengung hatte und lässt sich plump auf den Toilettensitz fallen.

Die neuen Frotteebezüge dürften ihm auch allmählich auffallen - *kalt und hart war gestern.*

Unter den gebogenen Silhouetten der Palmen entfernen sich die verlorenen Liebenden des unsichtbaren Sandstrands weiter aufeinander zu.

Die sauberen Umrandungen der Parkbucht am Ende der Sackgasse machen eine ordentliche Straßenmündung her.

Versteht sich nicht zwangsläufig, wenn man die Horden an Kids bedenkt, die hier Tag für Tag für Wochenende eine leidliche Lärmschneise aufrechterhalten - hier ist es automatisch.

Ruhige Gegend hier.

Die Hitze intensiviert die bleierne Schwere von frisch aufgetragenem Lack. Die Menschen lassen ihren Abgrenzungen Fürsorge angedeihen. Nicht weit die Straße runter spielen sie Inlinehockey.

Der Diensthabende der Nachbarschaftspatrouille - stets ein Stück Straßenkreide steckend – kommt genau wie der Typ rüber, der um diese Zeit ansonsten nichts weiter vorhat; penibel darauf bedacht, den Spaß nur innerhalb der dafür vorgesehenen Markierung stattfinden zu lassen und freut sich dabei ein neues Loch in den Arsch.

Doppelschichten muss da keiner machen.

Jeder kommt an die Reihe.

Am Sonnabend muss er selbst ran.

Aber das ist seine eigene Schuld.

Man wildert nicht im eigenen Revier.

Irgendwo weint ein Kind, fordert einen Kläffer auf. Irgendwo weint immer ein Kind, dafür hat der Pawlow einen Hund, so als Allergiker inmitten einer Erdnussfarm.

„Immer muss man auf sie warten..."

Dem belebten Umfeld der Beiden sind Thomas und Nina egal, die trotz des schönen Wetters im BMW sitzen, den einzig ruhenden Verkehr abgeben und sich gedulden, dass Maria aus dem Haus kommt.

Thomas legt die Hand auf das Lenkrad, als würde er schon fahren. Nina wischt unruhig über den Touchscreen ihres Galaxys.

Genug Zeit für ein Gespräch.

Sein Auto, und dennoch greift er in anthrazitfarbenes Lammfell. Nichts, was vor dem Pelz, Filz und Frottee seiner Frau sicher wäre.

Hört sich auch wieder auf. Er hat den Biedermeier und den Ethno-Look durchgedrückt und auch beim Minimalismus nichts gesagt, als überhaupt nichts mehr da war. Die Zimmerbrunnen, Duftkerzen samt Bambusphase im Anschluss daran ebenso, aber sein Baby im Lammfell ist ein Opfer ohne Weihe. Genug Zeit für ein Gespräch.

Jetzt streichelt er wieder das Auto, der Spinner!
Ha. Du bist so hart, Gianna. Immer noch online.
So endkrasses Bild!
Mehr Likes als Schüler.
Schaden fürs Leben, kann was.
Oh, das ist gut.

Twitter… Schaden… *kann was.*
So, Mutter: beweg deinen Arsch.

Fluchtreflexe machen sich allmählich bei Nina bemerkbar, die ungeduldig von einer Seite der Rückbank auf die andere rutscht. Er könnte der Bezüge wegen was sagen, aber belässt es vorerst.

Nina zieht langsam und bedächtig am Hebel der Hintertür, bringt ihn sachte an den kleinen Widerstand, ran und weg, ran und weg, dann darüber hinaus und die Tür springt auf.

„Maus, lass das bitte. Mach wieder zu, ja? Sie wird schon gleichkommen", sehr wohl wissend, es nicht mit Gewissheit sagen zu können.

„Oh Mann - das macht sie absichtlich."

Nina überlegt kurz, beobachtet den Freund ihrer Mutter mit einem schelmischen Lächeln im Rückspiegel und zieht die Hintertür wieder zu, nur um sie gleich darauf nochmals zu öffnen. Sie lacht boshaft, wartet, bis er Anstalten macht, den Kopf nach ihr zu drehen und zieht die Tür wieder zu.

Thomas atmet kurz und schnaufend durch.

Frust breitet sich in drückender Stille aus, Schluck für Schluck runter damit.

Maria geht abfahrtbereit gekleidet durch das Haus, verzichtet dabei nicht auf Handtasche und sieht in jedem Zimmer nach, ob auch alles so akkurat an dem Platz steht, wo es stehen soll.

An der ein und anderen Stelle nimmt sie Korrekturen an der Ordnung vor, die auch so schon sehr gewissenhaft ist, indem sie Falten aus Polstern glättet, wo keine sind, mit dem Finger testet, ob die Oberflächen der Möbel und des 3D-Druckers entgegen aller Erwartung mit Staub behaftet sind und dreht einen Blumenstrauß in einen ansehnlicheren Winkel. Die Blätter der Zimmerpflanzen wippen im Takt der Klimaanlage.

Der restliche Kaffee in ihrem benutzten Lieblingsbecher auf der Anrichte beginnt Blasen zu schlagen. Maria verlässt zufrieden das Haus und nimmt den gepflasterten Fußweg, der am Garten und den schweren Eichen vorbei nach unten zu den Garagen führt - *halt.*

Einmal bitte wenden.
Wir fahren ja mit seinem Auto.

Jetzt wartet kurz: nur schauen, dass ich auch nichts vergessen hab. Gut, ich hab alles. Auf die Plätze, fertig, los! Klatsch, klatsch. Berechenbarer geht nicht. Weniger aufgehende Vorahnungen wären gut. Schon von Weiten laserpointed ihr rotes Haar das satte Grün der Hecke.

Und eine Zeit lässt die sich!
Die Idee, vorzufahren, kommt zu spät.
Spottend der Funktion und direkten Lage hinter dem Haus, verlangt der BMW am einsamsten Punkt der leeren Parkstände den weitesten Weg von Maria ab; ohne stillen Absatz gemächlich in Schuhen der langen, ungefährdet eleganten Entscheidung, *liebe Nachbarn...*
Sie steigt ein, als hätte sie keinen Slip an.
„Vorfahren war zu viel, Tom? Ist das Garagentor zu?", geht's schon Mal gut los.
Maria nimmt ihre Handtasche auf den Schoß, öffnet sie und beginnt zu kramen.
„Jetzt wartet kurz – Nina, schnall dich bitte an - nur schauen, dass ich auch nichts vergessen hab."
Darin würde sich nichts finden, was wirklich was helfen würde, wenn es darauf ankäme, aber Hauptsache, alles Unnütze ist mit.
Thomas kann im Rückspiegel sehen, wie Nina genervt und stumm mit den Augen rollt.
Sie tauschen ein Lächeln.
„Ist was?" - „Nein. Alles gut. So, wie es sein soll. Schatz."
Maria wühlt ein letztes Mal durch ihre Handtasche, schließt sie und stellt sie im Fußraum ab.
„Gut, hab alles. Auf die Plätze, fertig, los."
Maria klatscht zweimal kurz in die Hände.
Thomas dreht den Zündschlüssel.

Der Motor heult auf. Die Lichtschranke ist frei.

Hebel und Knöpfe werden per Zweihandbedienung betätigt, die Hydraulik setzt sich in Gang. Linearer Druck hievt die Pressplatte in steilen Winkel, die Rückwand schiebt den geladenen Abfall auf die Mulde.

Die Konditionierung angelieferter Fuhren verheißt einen ausgeglichen Brennwert. Einige bestehen darauf, Selbstverdientes persönlich zerstören zu dürfen. Hänger ist es in Fleisch und Blut übergegangen, die Dinge auf Bruch zu zerlegen, um eine Transparenz davon zu bekommen, wieso etwas auf welchem Wege wie funktioniert.

Wo, wenn nicht hier, wo drückende Forderungen, strategische Investitionen, Fehlkäufe, falsche Entscheidungen und mehr soweit aufwiegen, bis sie samt des an keinem Tag nicht von neuem anfallend sonstigen Verbrauchs in den Kreislauf rückkehrend zu Schutt werden.

Anders als häufig im Leben, erfolgt an diesem Ort die Trennung vor der Verbrennung.

Hänger beobachtet den auftürmenden Müll.

Immer mehr Exoten werden ausgesetzt.

Er fischt ein silbernes Wohnaccessoire, von dem er nicht genau sagen kann, was es darstellen soll, heraus, befreit es mit seinen Arbeitshandschuhen von Verunreinigungen und hält es in die Höhe.

„Ja, da schau her!"

Hat sie es weggeworfen.

Die späte Nachmittagssonne neigt die Schatten des Industriegebiets dem Ende seiner Betriebsamkeit für einen Tag entgegen und läutet in Bälde die Nachtarbeit ein.

Hänger steht dreckig und verschwitzt auf seine Frau wartend am Straßenrand vor dem Wertstoffhof, den mitgenommenen Rucksack zwischen den Füßen.

Ein Sattelzug rauscht knapp an ihm vorbei.

Dahinter taucht Anna in einem Citroën 2CV auf, braucht einen Moment, bis sie zu ihm aufschließt, fährt ran und lässt Hänger einsteigen, bevor sie ihn mit einem Kuss begrüßt, auf den sie sich freut, seit er ihr am Morgen den letzten gegebene hat.

Hänger lehnt sich erleichtert zurück und setzt seine Frau übergangslos der Aufmerksamkeit ihres Mannes aus, „Schatz, schau mal - ich hab da was für dich; vielleicht als Briefbeschwerer..."

Was soll das sein?!

„Danke, lieb von dir"

So sehr sie kann, freut sie sich darüber, was andere wegwerfen. Die Beiden lächeln sich an.

Anna fährt weiter.

„Wird er es rechtzeitig schaffen?"

„Er braucht noch und kommt nach. Sag, wie geht es ihr - hat sich was getan?!"

Die aufkommende Ahnung vom involvierten Ausmaß des Schadens verhält sich schockartig kurz, heftig und neue Verknüpfungen antreibend.

Auf jeden Fall stellt es einen Versuch dar, *die Person zu übertreffen, die man früher war;* wie sie selbst immer so schön zu sagen pflegt.

Dr. Allbachs schmale rote Lippen lesen passiv mit. Schwarzes Brillengestell umrandet den flüchtig huschenden Blick über Zeilen, die ihr neu sind und alles auflösen und kein Auge für die Klientin erübrigen, die sie geschrieben hat und angespannt auf eine Reaktion wartet. Ihre hellwache Hektik merkt man der Doktorin nicht an.

Begehrlichkeiten in beliebiger Form fallen schneller und höher aus, wenn innerhalb der herrschenden Regeln die Arbeit daran in aller Normalität nach Außen verlagert wird.

Auf gewisse Weise ist das offene Schriftwerk vor ihr genau das.

Das würde sie der Klientin gerne sagen, kann sie aber nicht. Die eigenen Erfahrungsberichte voller Empfehlungen, doch Stille ist Bedingung ihrer privaten Praktik. Ihr Mitgefühl mit ihrem Gegenüber ist so aufrichtig, wie die neuen Umstände auf ihre anderen Fälle in ihrer Auswirkung erheblich sein werden.

Der Wille als gemeinsamer Nenner, so formschön zu gestalten, wie man es sich vorstellt, ließ die Maklerin des Ganzen am Tisch der Herrin des Verfahrens Platz nehmen, auf dem nun angerichtet der erbrachte Nachweis liegt, das Dominanz gebrochen werden kann.

Es ist eine methodische Eigenheit der Doktorin, die archivierten Chroniken ihrer Klienten in Stücke zu schneiden, um aus jedem Stück die Angst produktiv nutzbar ausrinnen zu lassen.

In therapeutischen Räumlichkeiten soll die geringere Dichte das beherrschende Volumen sein und erst die Kongruenz der unterschiedlichen Ebenen lässt offene Wunden so vernarben, um sich mit ihnen arrangieren zu können.

Diese Klientin kann gut nähen.

Lange genug der Mensch neben sich zu sein, bürdet dem Innenleben diskret Verbindlichkeiten auf; weshalb die Präzision der Naht kein plötzlicher Zufall sein kann, auf den sie sich nichtsahnend und unweigerlich zubewegt hat.

Sie hatte eine Ahnung - *nur der Klient war falsch.*

Die Eine kann, die Andere will dem Abbild des Inbegriffs einer heilen Welt sehr nahekommen; doch wo eine nicht gewohnt ist zu kommen, ist die andere nicht gewollt, zu gehen.

Gefährlich, sich an einem Ideal zu orientieren, dass es überhaupt nicht gibt.

„Sie können die kognitive Funktion Ihrer Bilder nur überwinden, wenn Sie sich davon befreien."

Dr. Allbach legt die Brille ab.

Ihrer Klientin im Freischwinger will es nicht gelingen, sich frei zu schwingen.

„Das ist ein schöner, schmeichelhafter Anfang, aber ich halte das für keine gute Idee. Es ist ein erster Schritt, auf den weitere folgen müssen. Hören Sie auf, davonzulaufen."

Die Doktorin hält ein, merkt, so nicht weiterzukommen und sammelt sich kurz.

„Hören Sie, es ist nicht meine Aufgabe, Sie an Ihrem Vorhaben zu hindern."

Sie greift nach der Karaffe und schenkt ihr Wasser nach.

„Aber das Schweigen ist ein ehrloser Knecht. Hier, trinken Sie etwas."

Gianna redet mit dem Stundenplan in der Hand auf Anna ein, die sich zusammenräumend durch die opulent überladenen Räumlichkeiten kämpft.

„Sieh mal, heute hab ich nur Fächer, in denen ich sowieso gut bin. Alle Tests liegen hinter uns. Bitte, lass mich heute ausnahmsweise daheim."

Anna lässt geduldig die überzogene Art ihrer Tochter, wenn sie etwas will, über sich ergehen, sieht sie flüchtig an, ohne ihr in die Augen zu sehen - jemals - und erkennt leicht erstaunt die Ernsthaftigkeit, die ihr daran liegt.

Und doch rutscht den Müttern immer noch ein Lacher raus.

„Das kannst du vergessen. Und bete, dass dein Vater nicht noch mehr Arbeit von der Arbeit mit nach Hause bringt." - „Mama, sie haben den Mann immer noch nicht erwischt, der vor der Schule gelauert hat."

Anna unterbricht ihr Tun.

„Also, raus mit der Sprache: ist was in der Schule gewesen?" – „Überhaupt nichts. Aber ich strenge mich schon sehr lange brav an und hab nie schlechte Noten. Die Erwachsenen dürfen Urlaub machen. Und du hast gesagt, ich soll erwachsen sein!"

Anna wird immer skeptisch sein – in einem schwachen Moment, in dem sie vor sich selbst Angst bekam, packte sie Gianna und setzte an, ihr diese gespielt, gekünstelte Art aus dem Leib zu schütteln - kann sich aber nicht dagegen erwehren, wie ihre Tochter ihr in diesem Moment ans Herz geht. *Sie waren ein Team.*

„Dein Vater würde mir den Kopf abreißen, wenn ich das mache." - „Aber ich bin doch längst zurück, wenn er heimkommt. Er wird es nie merken!"

Anna kann es selbst nicht fassen, dass sie es tatsächlich in Erwägung zieht, ihre Tochter für einen Tag krank zu melden.

„Außerdem finde ich, dass Mütter und Töchter Geheimnisse brauchen, die sie miteinander teilen können. Wir haben bislang noch keins."

Anna hadert noch; dem Gedanken aber nicht abgetan, das Band zwischen ihnen wieder enger zu spannen.

Sie überlegt noch, kann dem Blick ihrer Tochter nicht standhalten, seit er ihr das ersten Mal untergekommen ist. Dann lächelt sie sie verschworen von der Seite an, während sie bereits nach dem Telefon greift.

„Die Kandidatin hat hundert Punkte. Bei tausend gibt es eine Waschmaschine - ich glaub einfach nicht, dass ich das mache! Habe ich die Nummer von der Schule überhaupt?" - „Du bist die beste Mama des Jahres und all der Jahre zuvor!"

Gianna wartet halb aus dem Häuschen und halb erwartungsvoll gespannt neben ihrer Mutter, während Anna wählt und beiläufig über den Tisch wischt, als hätte sie ihn nicht eben erst wiederholt

abgestaubt, „dafür bekomm ich sieben Sommer lang schlechte Schneebeeren."
Es klingelt.
Lange genug, es sich noch zu überlegen.
„Ja, guten Tag." Anna stellt sich mit vollem Namen vor, „ich bin die Mutter von Gianna und muss sie für heute leider krank- ja, vielen Dank, ich warte."
Hörer zu, an Gianna, die ihrer Mutter gespannt zusieht, „was sagt man dazu: sie verbindet mich mit dem Direktor! Nochmal hundert Punkte! Wie sehen meine Haare aus?"- „Mama…"
Schlimm sehen sie aus.
Niemand findet ihren Pony gut und als Ursache für die vorgeschobene Krankheit muss es etwas Entwürdigendes sein, war klar.
Anna wedelt beschwichtigend mit der Hand und hört, was der Direktor zu sagen hat.
„Sie soll sich die ganze restliche Woche auskurieren? Im Ernst?!"
Anna greift sich an die Stirn. Gianna tänzelt lautlos aufgedreht um sie herum.
Danke für das Entgegenkommen, Beteuerung des Attests samt zeitigster Rückkehr und dann noch einen schönen Tag, die so schnell gezählt sein können.
Zunächst noch in der Vermutung, es würde um weitere Sicherheitsmaßnahmen oder so Zeug gehen, trifft es sich gut, dass sie angerufen hat.

Der Grund, dem Augenkontakt der eigenen Tochter nicht standhalten zu können, nimmt den direkten Weg von hinten durch den Hörer.

Anna dreht sich entschlossen zu ihrer Tochter um, „warum trifft es sich gut, dass ich anrufe? Was für ein Vorfall –"

Anna kehrt Gianna den Rücken.

Giannas Luft wird dünner.

„Aha, verstehe. Nein."

Anna nimmt Haltung an, hört genau zu, wünschte, der Boden würde sich öffnen und hat keine Ahnung, was sie auf die Schilderung sagen soll oder was alle jetzt überhaupt erst noch erwartet.

Dabei klappt ihr Blick entrüstet auf Gianna, die weiß, wann es darauf ankommt, in der Rolle zu bleiben. Hat sie von ihrer Tante, die Schauspielerin ist. Ein Leichtes, wenn schon jung aufgehört wurde, zu zählen. Routine abspulend dabei, die Nummer bis zum Ende durchzuziehen, bewegt sie die Lippen ohne die Frage laut auszusprechen, *was ist denn?*

„Herr Direktor, ich weiß nicht, was ich sagen soll – das kann ich mir nicht vorstellen. Nein, aber warum sollten sie - ja, natürlich."

Viel Kreislauf im Keller. Die Kammern sind voll.

Anna verliert an Farbe.

Angesichts des Anfangs am Ende der Lunte, eilt ihre Ahnung deren weitreichender Länge uneinholbar weit voraus.

Nichts ist uneinholbar.

„Wir werden mit Gianna reden. Auf Wiedersehen." Anna beendet das Gespräch und braucht einen Moment.

„Da kommt was auf uns zu…"

Eines der vielen möglichen Szenarien geht zwar etwas früher durch als gedacht, aber Gianna hat ihre Hausaufgaben gemacht.

Anna sammelt sich, schwer getroffen, wie wenig sie anscheinend die eigene Tochter fassen kann.

„Hoffentlich haben wir jetzt keinen Scheiß gebaut." - „Ha, du hast *scheiße* gesagt!"

Anna stemmt einen Arm in die Hüfte.

Ernste Zeiten brechen an.

„Dafür musst du jetzt auch was für mich tun."

„Und was?"

Für jemanden, dem die Dauer eines rendernden Balkens die erträglichste Nervosität ist, geht Gianna der Moment nicht schnell genug aus seiner Pause.

„Hast Du neulich am Elternabend mit Evas Tochter -", Anna muss kurz aufschlucken und Luft holen, bevor sie fortfahren kann, „ich kann das gar nicht wiederholen - etwas Schlimmes gemacht?"

Gianna blickt verlegen auf ihre Hände, von denen sie nicht weiß, was sie mit ihnen machen soll und würde nun doch lieber in die Schule gehen.

Dort ist Evas Tochter.

„Gianna, sag mir, stimmt das?"

Sie weicht Anna aus, dreht sich um und will weggehen. „Ich geh auf mein Zimmer."

Anna zieht sie sanft an der Schulter zurück und dreht sie um, um in ihrem Gesicht nach der inneren Stimme ihrer Tochter zu suchen.

„Zu spät, Freundin. Hiergeblieben."

„Mama, ich mag jetzt nicht!"

„Nimm es wie jemand in deinem Alter und sag mir, was da war."

Das ausscheidende Harz verschließt die Wunden und verklebt die Luft. Die Markierung, auf der Rohstoffkurse unter getrimmten Blättern und stochastischen Unsicherheiten mit dem Schatten wandernd steigen, hat sich weiter entfernt.

Sein Bier im Gras neben dem Tablet hat noch Schatten. Nicht unerheblich, in welcher Umgebung man arbeitet. Thomas, der inmitten abgetrennter Äste und Blattwerk der Stauden Gartenarbeit verrichtende Müllbaron mit der elektrischen Heckenschere in der Hand, tradet unter dem Laub mit Beträgen, die an anderen Ecken Zukunft, Investment und Stellschrauben sind; wird gleich nachsehen, wie sich die Kurse entwickeln.

Stringente Anwendungen von Ansuchen, die kontinuierlich beschieden werden müssen, antizipieren der Zukunft mittels erfüllter Formalien ihre eigene wechselwirkende Vergangenheit; bedacht darauf, immer mehr zu sein, als man bleiben lässt, um irgendwann gegebenenfalls das Leben zu führen, wie man es selbst nach außen darstellt. Maria kommt mit Handtasche und Sonnenbrille aus dem Haus, sieht Thomas, der sie schon von der Veranda aus hört, dann auf den chaotischen Rasen, auf dem um diese Uhrzeit bereits ein Bier steht, bei der Hitze, wo doch weiter hinten in Teichnähe ausgebreitet ein Zelt darauf wartet, aufgebaut zu werden.

Ihr Psychologe ist dieser Garten und jemand, der nicht an sie gewöhnt ist, würde sowohl ihr als auch ihm ein Kompliment aussprechen.

Die unebene Zeitlandschaft ihres blassen Handrückens streift begutachtend über die linearen Schnittkanten, „hm, da an den Ecken fehlt noch was." - „Sieht es aus, als ob ich schon fertig bin?"

Nein, so sieht es nicht aus, aber „die Kanten sind schief. So kann man das nicht lassen. Was sollen denn da die Nachbarn denken?"

Thomas spannt – äußerlich von einer inneren Ruhe beseelt - das Stromkabel. Maria prüft eingehend die Seite der Hecke, die die wenigsten Nachbarn je zu Gesicht bekommen werden.

Die Klinge des Freischneiders ist nicht weit von der Höhe ihres Halses. Die durchdachte Griffergonomie bietet einen festen Halt.

„Siehst du, was ich meine? Da wolltest du doch nochmals drüber, oder?"

In der einen Hand das Stromkabel, die andere Hand umschließt fest den Griff, an dessen Innenseite der Knopf angebracht ist, mit dem man das durchzugsstarke Drehmoment beschleunigt.

Seine Fingerkuppen berühren den Knopf.

Handelbare Anleihen menschlicher Unverfügbarkeit verharren auf dem Trading-Button.

„Wie gesagt", *in der einen Hand das Stromkabel, die andere am Ein/Aus-Knopf,* „ich war noch nicht fertig. Schatz, pass bitte auf - vor dir."

Er legt die Heckenschere auf den Boden, als wäre er es doch, geht im Gleitschliff tieffliegender Messer in die Knie, befreit es von Blättern - „was hat das hier verloren!?" - bringt das Tablet in Sicherheit und beginnt mit Spikes, den Rasen zu drainieren.

Marias rollende Augen unterdrücken, was sie eigentlich sagen will.

„Hast du Nina gesehen? Nina!"

„Spielt hinten mit dem Hund. Wohin geht es?", was ihm egal ist, aber immer gelegen kommt.

„Einkaufen. Es ist ja nichts mehr im Haus."

Von wegen. Genug da, es ist alles voll. Würde er was sagen, wird sie besser wissen, warum das nicht reicht und irgendwann reicht es besser.

Einbohrende Nadeln lüften vertikutierend den Boden, auf dem jeder auf seine Weise aussteigt.

Ob Eltern anderer von den Schwierigkeiten ahnen, die unter dem Nachdruck der falschen Vorwände ihrer Kinder verborgen liegen, kann sie sich bei nur einem Teil eines Ganzen nicht vorstellen und versucht beiläufig über ihr Smartphone zu wischen, als wäre weiter nichts.

Der Dobermann eilt Nina ins Haus voraus.

„Was steht an?"

Maria, die nie ein Gefühl für die ungeheure Wucht des schmuddeligen Hundes, diesem Blindgänger seiner Zucht, bekommen wird, kann ihr sagen, was ansteht.

Schon von ihm allein bekommt sie üblicherweise Zustände: nur durch immensen Aufwand am Leben zu halten und so in den mannigfaltigen Auswüchsen der Natur scheinbar vorkommend; auf Schauen vor maßgebenden Preisrichtern, die von den eigenen dürftigen Anhäufungen aus sich selbst das größte Maß sind und die dirigieren, denen die Praktik ihrer Gesinnung überall sonst verwehrt bliebe.

Nachwuchs muss nur häufig genug zurechtgestutzt werden, man sieht ja am Garten, wie das dann aussieht - und es geht hier nicht um ihn, den Hund.

„So kommt mir Ivan nicht ins Haus!"

Thomas, von ihr unverhofft aus dem Schussfeld seiner Frau genommen, kommt Nina entgegen, die Spikes auf cool zum Haus zeigend, „dafür ist es wohl zu spät."

Der hält sich für ganz raffiniert.

In die Offensive dreier Fronten getrieben, muss Maria das letzte Wort haben. Die Zeltparty durch bessere Noten gebilligt, doch der rote Schandfleck liegt immer noch da, diese große, leere Lunge und es wird bald dunkel werden.

Das Kleid ihrer Mutter ist Nina neu; der zweite Mann ihrer Mutter ihr egal. Sind nicht die Richtigen. *Nicht auf einer Stufe – ein netter Tweet!*

Beide dem Irrglauben an Kenntnis ergeben; *reif für den Ex-Faktor.* Und sie denkt nicht daran, außerhalb des Touchscreens einen Finger zu rühren. Wen interessiert das schon. Auch ansteigendes Ticken hat seinen eigenen Takt.

„Nein, nicht jetzt – nachher." - „Nachher ist zu spät. Da wird kein Zelt mehr aufgebaut."

Immer die gleiche Partie.

Je länger die Begegnungen dauern, desto mehr entziehen sie sich ihrer Einschätzung.

Erst nach und nach ist Maria - den Bedarf der Neubewertung verkennend - klargeworden, wie viel sie von ihr nehmen. Am Anfang hat sie das nicht verstanden und jetzt kann sie nur hoffen, ihr Mädchen meistert die Schnittstelle, an der sie wissen wird, es wird nicht mehr lange sein, gewisse Annehmlichkeiten auf Polstern zu genießen, die ihr nicht immer gemacht bereitliegen werden.

Will man sie weiter haben, muss man tatsächlich was dafür tun; der ganze Sinn der Maßnahme.

Maria weiß nicht nur für ihre twitternde Tochter, was gut für alle ist.

„Da muss mir aber jemand helfen."

Sanft im Tonfall, immer die gleiche Partie.

Als selbstverständlich erachtete Dinge verkennen auf Dauer ihre Bedeutung, wenn man noch zu jung für sie ist. „Wenn du das Ding aus der Hand legen würdest - wär das ein Anfang?"

Genug in Gang gebracht, besser niemanden unnötig in Bewegung zu bringen, mag es von Nina fahrlässig sein, doch es „sieht nicht danach aus, oder?"

„Wie war das!? Junge Dame, pass auf, was du sagst", wohlwissend, dass die an den Scheinen für den Haushalt klebende Demütigung auf Taschengeld übertragbar ist; doch nicht alle bekommt man über die Finanzen.

Hinter dem unangebrachten Lächeln ihres Mannes würden andere ihre Stimme erhebend den verbindenden Frohsinn außer Acht lassen, der Spannungen selbst über große Distanzen hinweg abtragen kann; er, der sich beeilen muss, will er bald stillstehen - und längst auch was sagen könnte.

„Lass gut sein. Nina, sei ein Beispiel an Verantwortung und nicht mühsam. Papa verdient hier Geld - ihr beide mögt doch Geld, oder?"

Bambi und Bambis allmählich älter werdende Mutter formieren sich im Scheinwerferlicht, Maria und Nina werden eins.

„Verdammt heißer Tag", blöd grinsend den schweißgetränkten Kragen lüftend, „wird euch auch auf einmal so warm?"

Schwach.

„Würdest du *deinem Freund* bitte sagen -"

Marias stumme Pfeile treffen Thomas langsamer als ihre Hand Ninas Mund schließt und ihre Tochter ins Haus nach dem Hund drängt.

Das fröhliche Grinsen hat es nicht so gemeint; noch den Moment breitbeinig verharrend, bis sie freigebend im Haus verschwunden sind und dabei keine von ihnen auf die Idee kommt, sich nach

dem Stehengelassenen umzudrehen; da es sich
eben wieder gezeigt hat, wer hier die eigentliche
Pussy ist. Stets – was gar nicht geht - alle Möglichkeiten bei leer bleibendem Erwartungsstand
genutzt zu haben, macht die Gegenrechnung auf,
unter deren Strich ihm das Leben noch was
schuldig bleibt.
  „Macht was aus euch – vielleicht findet ihr auch
Bacon", *habt ihr gehört* - „habt ihr gehört?!"
Lass stecken, man kann sie nicht alle –
  „Ich stell euch das verdammte Zelt auf."
  Irgendwo war doch Bier – bisschen Börsenticker, bisschen wetten und Gartenarbeit – ganz
friedlich - nicht zu viel verlangt, an so einem schönen Tag.
  Aus dem peniblen Inneren jault der Hund auf.

  Der in Mitleid gezogene Rasen führt über die
Reste des Grillabends, durch die sich Ivan schnüffelnd wühlt, unkoordiniert in alle Richtungen
springt und nur einhält, um etwas in der Nachtluft
aufbellend anzuknurren, was nicht zu sehen ist.
  Er ist schon ruhiger geworden, nachdem er
sich kurz zuvor unter der tropischen Fliesendekoration verbiss und da vielleicht auf den Geschmack gekommen; unter dem glänzenden Fell
seines massiven Schädels keinen Schimmer hat,

was in Fällen wie seinen diskussionslos gemacht wird. *Basta.*

Das Geschrei war immens.

Ivans Widerstand größer, ihn wegzubekommen.

Durch die Unordnung des Hauses, ausgehend von der Eingangstür, weiter den Flur entlang, an den wehenden Notizen der Pinnwand und den vielen Maria-Miniaturen vorbei die Treppe in den ersten Stock hoch in das zügig frei geräumte Badezimmer - *das sie alle gesehen haben.*

Die atmende Detonation einer dumpfen Wolke aus Stille, Schock und Schuld mündet bebend in den ersten schweigenden Stillstand nach der Eile einer Aufregung, die von jedem ungefragt alles abverlangt hat.

Was hätte die verbliebene Abendgesellschaft auch tun können - keiner kann da gehen.

Manche sehen sich mit leerem Blick im Zimmer um, andere blicken stur zu Boden.

In der Praxis werden sie das noch sehr oft tun.

Das Tischtuch bildet eine weiße Fauna für die bunte Vielfalt seiner nervösen Tätowierungen.

Hänger versucht unter der Hitze seiner nicht abklingen wollenden Ohrmuscheln die Hände beschäftigt zu halten und versteht dabei nicht, wie Nina nach so einem Erlebnis auf ihr Zimmer geschickt werden kann – und dortbleibt.

Das ist nicht richtig. Da stimmt was nicht.

Niemand stört sich an den Zuständen, an Sehnen, die schmerzen, an Muskulatur, die sich weigert, zu entspannen; gerade von Maria, die, seit geraumer Zeit starr, eine Aktion missen lässt.

Richard ist der Erste, der was sagt, mit schmerzender Schulter zu seiner Begleitung gebeugt, „hättest du das gedacht", doch Viola, die nicht gedacht hätte, sie, das heißeste aller weitgereisten Hurenstücke, würde hier noch dazulernen - *nicht so* - schält gleichgültig eine Blutorange weiter und bewegt langsam ihren Kopf hin und her; *nein, hätte sie nicht.*

Erst sein unbeobachtet geglaubter Blick auf Violas Brüste nimmt Maria erstmals auf solch unangebrachte Weise aus der Wucht der Ereignisse, aber ihre Arme rammen auch gleich auf ihre Oberschenkel, sie versteht es nicht, „wir sind doch alle die ganze Zeit dagewesen - wie kann das sein?"

So genau kann man das jetzt noch nicht sagen.

Von vorn oder von hinten; in der Praxis hat jeder von uns eine andere Auffassung davon, wie viele Schüsse vom Grashügel es letztlich waren und wer durch Faust in den sonnigen Himmel ragend die Regenschirme spannen ließ.

Für so eine junge Frau ist die Ausstattung ihrer Wohnung ungewöhnlich – man würde sich hübsch schwertun, so Zeug noch irgendwo zu kaufen zu finden; doch damit ist es bei Viola noch lange nicht getan. Für die Alten, die geradewegs über ihren Herbst schreiten, herrscht bei Viola Sommer. Hänger freut sich, „Oma Ramona - und der Rest von euch alten Säcken - lang ist´s her!"

Manche von uns setzen ihre Kräfte für das Gute ein und entscheiden sich, eine reichende Hand zu sein. Eine reichende Hand, die es gewohnt ist, aus dem Heim auf dem Weg nachhause – und wo sie sonst eben noch so hinmuss – so viele mitzunehmen, wie in ihren 1959er Chevy Suburban reingehen, der draußen in der Einfahrt den Platz für zwei nimmt.

Wer kann, der kann, und sie kann das Monstrum per App ausparken lassen.

War gewöhnungsbedürftig, ein führerloses Auto rückwärts am Fenster vorbeirollen zu sehen. Jetzt will er das für seine Ente auch haben, vielleicht schon im nächsten neuen Auto, aber nicht mehr lange, dann haben das alle – und er dann auch!

Manche gehen es richtig an.

Zum Kreis dieser zierlichen Person mit den harten Kanten im Gesicht zu gehören, die sie erst so außerordentlich schönmachen, verleiht ihm eben genau das, was Männer in Gesellschaft attraktiver Frauen haben – *anfassen wollen, um es glauben zu können* - und lässt weit über das Gras hinauswachsen, weswegen er ursprünglich zu ihr kam.

Und nun kann es der Grund sein, abends später nachhause zu kommen; auch wenn man *den ganzen scheißlangen Tag* nichts anderes machen möchte als genau das.

Vereinzelte Anschläge einer Gitarrensaite legen sich stoßweise wie Sporen verbreitend gleichgestimmt über die separat verteilten Punkte der abendlichen Sonne und glätten ihr untypisch aufgeworfenes Muster so aus, wie es sein soll und heben die Laune aller Anwesenden bis unter den Ventilator hoch, der durch seine kühle Frische luftzirkulierend die herrschende Wärme untereinander speichert. Die Unterhaltungen greifen die Saiten neu mit jeder Änderung der dunklen Rotorblätter, die berührungslos sanft durch die Durchgangslichte des Abstandsensors eines unter der Zimmerdecke gespannten Magnetfelds rauschen. Viola saugt genüsslich den Saft aus dem Schlitz, deutet mit der Klappmesserklinge durch die Blutorange nuschelnd auf den alten Mann gegenüber, „setzt dich neben den Mörder."

Hänger nimmt neben dem alten Mann Platz, der zuvorkommend seinen Stock für ihn von der Couch legt und in jungen Jahren vor der Entscheidung stand, er, oder der andere und es ist nicht er gewesen, der das ganze ausgehöhlte Ausmaß eines unwiederbringlichen Verlustes aus nächster Nähe angehörig miterleben musste;

nein, der Stärkere gewesen zu sein, als es darauf ankam, machte ihn zur Ursache, an der andere noch immer scheitern.

Sonst würde er jetzt dieses Muster nicht sehen und die Runde belebend auf den Fleck aufmerksam machen, der der blinden Oma Ramona die Sonnenclown-gelbe Nase wärmt. Von jedem Ufer aus tragen die über den toten See ihrer schwachen Augen entsendeten Wellen sanft ausgeglichene Güte an den Werfer zurück; was zwar einen Stein kostest, aber ansonsten so im Handel kaum erhältlich ist. Weitere Anschläge der Saiten ziehen vorüber; im Unklaren, woher sie kommen, wer sich an wem vorbeibewegt und wohin sie gehen.

Und ein Stein ist so ziemlich überall zu finden.

All das weiß Hänger, weiß die Runde über diesen Mann, „keine Sorge, ich tu dir schon nix", er, der sich stets vergnügt über seine Körperzeichnungen amüsiert und davongekommen ist, weil damalige Zustände in Ausnahme waren.

Für Richard kann er nur das Gleiche hoffen.

Viola macht keine Ausnahmen. Eine App zeigt Vorschläge für spätere Verabredungen in ihrer Nähe an. Anscheinend sind da keine Probleme und Sorgen, die sie nicht angehen kann. Wenn er ehrlich zu sich ist, beflügelt dieser Kreis, in dem bei Wenigen ein wenig mehr arg spät nicht mehr genug ist, ihn mehr als alles andere, das Leben in vollen Zügen mitzunehmen.

Ich will nur jeder Mensch sein, war Violas knappe Antwort, als er sie nach dem ganzen Spaß fragte, mit dem sie die Tage derer befreit, die ihre eigenen so allmählich zu zählen beginnen können, *um allein immer einer mehr zu sein. als es alle anderen im Einzelnen zusammen.*
"Was trinkst du?"
Das ist alles, was er über sie sagen kann.
Spieler an der Spitze schlagen weit.

Hänger sieht sich um, wohlwissend, das Übliche zu nehmen. Die Männer sitzen vor so gut wie leeren Gläsern, nur die alten Ladys zögern ihres genussvoll bis kurz vor Rückfahrt hinaus, um es sich für die abendliche Medikamentenration aufzuheben, was den Ausklang des Tages noch etwas unterhaltsamer gestaltet.

Nie zu spät auf den Weg gebracht werden zu können, finden Begebenheiten zusammen, die einander brauchen und er kann es ihnen nur wünschen. aber ein paar Dinge bleiben in den eigenen Händen und häufen sich gar unter Verweigerung ihrer Abgabe an.

Ohne über diese Anziehung hinauszuwollen, macht es Hänger doch neugierig, welche Person eine solche Person für sich in Betracht zieht.

Schlicht nicht die kleinen Freuden vergessen, die man sich gegenseitig zu bereiten verstehen wird, sind es gerade die vielen kleinen Details eines einzelnen Daseins, an dem man andere teilhaben lassen kann.

„Wie immer? Und wer mag?"
Alle mögen, aber keiner will der Erste sein.
Schicht um Schicht.

Den krossen Boden, die harte, unvermutet breite Unterschicht, einer luftig, saftigen Mittelschicht samt seiner Alkoholgetränkten Früchten dazwischen und die erlesene Oberschicht, deren Dekor die Blicke raffiniert genau dahin lenkt, wo sie hinsollen – für jeden was dabei.

Das Tortendiagramm als Zusammenstellung an unterbreiteten Angeboten zur Flucht ist mehr als ein flacher Zylinder. Die Größen ihrer Anteile stehen in keinem Verhältnis zueinander.

Viola reicht jedem ein Stück, der Blinden und dem Mörder (die dessen Geschwafel nicht mehr lang ertragen kann) und bleibt einen Moment an Hänger hängen, sieht ihm seine Verspannung an, „jetzt mach dir keinen Kopf." Sicher.

Tun wir doch alle nicht.

Noch. Bis der Mörder vom ganzen Stück alles nimmt, weil nur die Blinden gerade hinsehen.

Sehr ungut wäre das, sollten seine Liebsten jemals davon Wind bekommen, doch sorgsam hält er sich an die Pflege seiner laufenden Lügen. Wenn für jeden ungefährdet ein Stück genommen werden kann, mag der Bedarf genügen, aber was, wenn nicht, und was, falls dann - aber *alles wird gut - wenn wir aufhören, was zu erwarten*, hat Viola zu ihm gesagt und so kommt man auch zum Punkt.

Ein Tortenbäcker – bekommt sein Zeug auch von hier - lässt regelmäßig Kuchen da; deshalb das Bild.

Bleibt selten lange stehen.

Die gezupften Gitarrensaiten bekommen vom Piano Gesellschaft. Mit der Regulierung des Deckenventilators nehmen die Töne eine neue, von der gedrosselten Rotation der dunklen Rotorblätter geschliffene Ebene ein und schnitzen die Lautstärke sanft in flauschig federfeine Schnipsel.

„Wie nennt man den Musikmacher gleich nochmal?" Theremin. Mit breiterer Zinke Löcher in die Luft stechend, verneint die blinde Frau Violas Nachfrage nach einem weiteren Stück.

„Lieber nicht, Liebes. Du darfst mich dann wieder mit meiner Verdauung haben", platziert sie die Kuchengabel auf den Krümeln ihres leeren Tellers, den ihr der manierliche Mörder zuvorkommend aus der Hand nimmt.

„Ihr sollt doch keine Rücksicht auf mich nehmen, *hört ihr?*"

Intensivierende Basslinien münden sanft in Werbung.

Es könnte alles aufgeführt werden - die ganze bislang abgearbeitete Liste sämtlicher Stationen in Form eines Hauses kurzgehalten ausgebreitet, inmitten dieses Raums, man sehe sich nur um – nicht mehr als die Grundlage, mehr zu erwarten.

Das bunte Mosaik aus Kühlschrankmagneten lenkt den hungrigen Blick vom Fenster weg.

Ein paar Sachen gibt's da schon, die ihn mit tunlichster Beiläufigkeit aus seiner Tristesse zu tragen vermögen würden.

„Schon nachgesehen, ob bei Nina alles in Ordnung ist?"

Beute fällt reicher aus, je desinteressierter man sich ihr gegenüber in Stellung bringt. Zu energisch daran festgehalten, bleiben die Dinge in der eigenen Ordnung, denen wir nicht habhaft werden können. Die Markenlogos alles Essbarem lächeln Thomas aus dem übervollen Kühlschrank entgegen. Wetter und Werbung beanstanden keine Zustimmung.

„Nein, magst du das nicht machen? Ich bestell sonst was." *Na, aber sicher mag er.*

Buttons flimmernder Anzeigen sind ihr Licht - sollte seine Frau die Verwandlung zum blutsaugenden Insekt doch noch zum Abschluss bringen; bequem mit weit abgespreizt langen Gliedern ihrer blassen Hand vor maximalen Zoll, den roten Schopf streng hochgeknotet und mit etwas beschäftigt, was er von der offenen Küche aus nicht sehen kann.

Mit Mühe übertönen sie die Sender vor ihr. „Im Zimmer?" - „Im Zimmer."

„Gleiches Programm wie immer, was?"

Sie erhalten das Set auf wissenschaftlicher Grundlage für sie und ihre Liebsten im Angebot mit Zufriedenheitsgarantie, „hast du was gesagt?!"

Aber das war es noch immer nicht:

Auf die angewohnte und längst unabdingbar gewordene Verschlüsselung verzichten zu können, führt ihn allein der Gedanke daran auf eine der immer spärlicher auffindbaren Inseln des Wohlbefindens.

Sie erhalten ein weiteres Set auch noch für nichts obendrauf - Maria schaltet nicht um.

Ihre Auffassung, es besser gleich selbst zu machen, nimmt unausstehlich schnell Haltung an, macht sie biegsam, „Nina!".

Der abendliche Boulevard dauert ohne Bestand zu haben an. Ivan trappt schwanzwedelnd zufrieden geradewegs auf Marias nackte Füße zu und beginnt ihr mit triefend warmer Zunge schwer und langsam durch die frisch lackierten Zehen zu lecken. An der Zeit, die innere Stimme einer sanften Desensibilisierung zu unterziehen, hindert sie ihn nicht daran. Pralle Blasen sticht man besser auf.

Ansteigendes Affengebrüll aus tiefen Schluchten in völliger Dunkelheit umringen die Trümmertante und den Wüstenprinzen und die scheiternden Darsteller, die Kinder mimen sollen, die weinen, ohne zu schreien.

Jeder für sich völlig seiner Illusion von Kontrolle hingegeben, muss sie zweimal nach ihr rufen, bevor Nina - das einzige Mal am Tag ohne Smartphone unterwegs - aus ihrem Zimmer kommt, gerade noch angewidert sehen konnte, wie sich ihre Mum wieder vom Hund die Füße lecken ließ, sich in den Türrahmen stellt und sie und den zweiten Mann ihrer Mutter fragend ansieht, „was ist?"

Er kann sich das nicht ansehen.

Er muss sich sonst nur aufregen.

„Der Papa will was von dir", ohne das Programm aus den Augen zu lassen.

(Er kann die Runde nicht aussetzen.)

Es gibt kein Entkommen. Sie versucht es immer wieder - würde man meinen, wenn man sie nicht kennt; aber soweit gehen Marias Gedanken nicht. „Thomas ist nicht mein Papa."

Ninas Art billigt auch nicht, es ihnen einfach zu machen.

Wohlwissend, irgendwann zu alt gewesen zu sein, bleibt ihr das Versagen treu, den Menschen, der es eigentlich wäre, nicht bis an diesen Punkt mitgenommen zu haben. Maria holt für eine oft geführte Diskussion aus, doch Thomas wittert geringer werdende Reichweiten; gewillt, sich die kleinen Belohnungen zuvorkommend zu verdienen, „lass gut sein, Schatz. Wie sehen wir aus, Madame; alles erledigt?"

Madame in zu reifer Kleidung war noch nicht fertig, „Gianna und ich waren am skypen. Hausaufgaben; danke der Nachfrage."
Lügt, ohne rot zu werden.
So eine Generation an jungem Blut im Haus, das fließend von seiner vorangegangenen abgesehen hat, flutet den verbleibenden Spielraum rascher, als die Luft zwischen ihnen für eine Handvoll Nichts atemlos dünner wird.

Die eigene Gestalt in rasanter Arglist im Netz verfangen, hindert es durch schweigend zugesagte Willkür die ihm Ausgelieferten daran, über das gebaute Fundament aus untermauerten Ansichten darüber, zurück ins Freie zu gelangen.

Nicht zu wissen, wie all das ineinandergreifen soll und wohin sie gehen und warum, bleibt also vorerst ihr kleinster gemeinsamer Nenner und Nina nichts anderes übrig, all das so hinzunehmen.

Es sitzt nicht tief, aber sie spüren, es wird besser und die Suchenden fühlen nicht dasselbe.

„Es ist Freitag, Tom Ass –" - „- aber es ist ein beruhigendes Gefühl -" - *jetzt will er stark hoffen, sich verhört zu haben* - „alles Affen- äh, Anfallende früh zu erlegen. Äh, erledigen."

Ninas Aufmerksamkeit gehört nun ganz Maria, die den nach bestätigendem Beistand suchenden Blick ihres Manns genüsslich ins Leere laufen lässt.

„Ja, erleg den Affen, Schatzilein. Aber Madame hat dich gerade einen Arsch genannt. Das lässt du ihr doch nicht durchgehen, oder?"

Ja, das haben Madame und er noch gebraucht. Er ist der Lage Herr.

Wenn er es ihr geben könnte, würde er bei Madame was ganz Anderes durchgehen.

„Nina, wie gesagt -" - „Was, *Tom*, hast du gesagt?", allen Spot unter einer Unschuld geknebelt, die ihn vollends aus der Bahn wirft und darauf wartet, von Maria ausgewechselt zu werden; die sich das schon wieder viel zu lang mitansehen muss und wiederholt in die Hände klatscht, „lass sie und schau doch mal raus - da suchen sie noch Anfänger."

Marias Süffisanz schickt Thomas in die Kabine zum Duschen. Wie beabsichtigt, bewegt sich Nina mit ihrem eingeschworenen Lachen das Stück zu weit aus der Deckung - die ihrer Mutter bislang auffallend gut gefallen hat!

Ihre Kontenance macht die Mama stolz.

Was auf den rechten Weg gebracht worden sein will, kennt sich in der Welt aus, hält man es für möglich – und genau da gastieren die Begegnungen. „Bring uns doch mal das iPad."

„Schon wieder!? Wieso –" - „Nicht wieder diese Debatte, Madame. Je schneller du es bringst, umso eher hast du es wieder. Und jetzt ab!"

Es ist ruhig und heiter und lang wird es nicht so bleiben. Thomas ruft ihr im Versuch, bei Maria

Boden gutzumachen, „wir merken, wenn du den Verlauf gelöscht hast" nach, was Nina aber unter genervten Gestampfe die Treppe in ihr Zimmer hoch schon nicht mehr gehört haben will.

„Glaubst du, sie hat?"

Seine Frau, die Abende mag, an denen es für einen Wein nicht zu früh ist, macht sich mit berüchtigtem Augenaufschlag daran, ein Glas voll davon zu fixieren, „ich habe Pferde kotzen sehen, kurz vor der Apotheke", bei allem verantwortungsvollem Umgang miteinander, „darum geht es doch auch gar nicht."

Ninas eingeloggte Profile auf dem abgegeben iPad als Kopfkarte weit ausgefaltet, leisten sie lediglich ihrer elterlichen Übertragung stöbernd Genüge. „Genau", selbst gespannt, worum es eigentlich geht, haben sie, was sie wollten.

Die Diva wird hungrig.

Nina schließt ihre rotschwarze Kopfstütze aus String, Push-up samt Pumpgun auf dem Türposter hinter sich und nimmt das iPad vom Netzkabel.

„Die soll sich mal was anziehen – sie friert sonst", war der erste Kommentar, den sie darauf zu hören bekam und seltsamer Weise noch ausgerechnet in der alles einholenden Episode wie brechendes Glas klingen wird, genauso, als wollte es der Tat die Erinnerung an ihren Sinn nachreichen; denn unter der flachen Botschaft ihres Shirts muss sich bei allem stolzen Unverständnis einer Mutter Neid auf die Frauen ihrer Umgebung finden lassen, von denen Nina – mit sich im schlanken Reinen – nie etwas hergab.

Oder wir fressen einfach alle zu viel.

Aus dem Wandschrankboden hervor eine gut getarnte Schublade, hinter deren Zahlenschloss Querschnitte diverser Schokoriegel penibel aufgereiht neben Fächern voll Schokolinsen und Pralinen darauf warten, weniger zu werden.

Noch eine wahllose Faust voll davon maßlos in den Mund geschoben, bevor sich die entstandene Schokowunde selbstheilend schließt, Ziffern schützend neu verknüpft werden, das Versteck in seiner Tarnung verschwindet und Nina ihre Lippen voll Anvertrauen im Spiegel prüft.

Unten warten die Fänger.

Motor – aus. GPS – aus.

Keine Chance lassendes 21-Zoll-Profil knirscht in seinem ganzen Charakter über Splitterkies, der Name ist Gattung. Das schwere Schloss von massiver Kette genommen, schleift das sperrige Eisentor über ausgemergelten Asphalt und muss vor Durchfahrt einhaken. In geduldig dringenden Fällen wartet Begier seine Legitimität nicht ab und führt durch ihr ohne Aufsehen erregendes Umgehen in den Kern des Herzschlags. Der Hund springt freudig aus dem vorsorglich ausgelegten Kofferraum. Ungewollt lang schmerzt die Lunge erleichtert im Morgentau der Einsamkeit.

Keine Gnade.

Der Renovierungsarbeiten rotgetränkter Rückstand nimmt die Liste an Pflichten verfolgend mit auf den entgegen verbindlicher Tempi verlaufenden Pfad, der um das Areal in die ausgeschlossene Umgebung führt. Nach Einlagerung von Unverwertbarem *(die Fässer müssen weg)* stülpt sich die Kapuze der Trainingsjacke über weit mehr als zwei Gesichter.

Der Hund versteht und hat darauf gewartet und sprintet den Pumas voraus.

Hans Zimmer über die In-Ear. Einen Schritt weit fort von den Schlangestehenden Entscheidungen, wer kommen darf und wer gehen kann. Die ergonomischen Nähte des engen Schnitts gehen stetig schneller in Lauf über. Allein auf weiter Ehrenrunde, zweifelt selbst große Konkurrenz nicht am Schliff der von Beratern befreiten Dirigentschaft.

Jeden auf seinen Platz, weiter in den Wald.

Die analytischen Befunde wehen zwischen den Blättern der Bäume. Wer zu entkommen Drohende einfangen will, muss rennen. Von schmutzigen Händen Unschuldiger zur Seite geknickte Äste hängen den obligat gewordenen Zugzwang ein Stück weit ab und peitschen den Puls über die Wangen schleifend auf sein Möglichstes. Unter Druck funktioniert die brennende Lunge hervorragend. Ob hinein in das kommende Danach, oder fort vom nahenden Davor, kann so dem eigenen Zutrauen zwischen denen, die nicht wissen, wohin und denen, die nicht wissen, warum, unterbunden werden, Ausreden zu finden.

Die Steigung zieht auf einen Ausblick auf die vergebenen Belegungen an, in die sie sich zum Ablegen bereit und an den Bildern entlang orientiert einfinden und die Leinen in kein Ende rutschen lassen, in dem ihre ersehnten Aneignungen über die Ufer treten. In Momenten erster Begegnungen trifft der bewusst Suchende zweifelsfrei unstreitig jemanden, der eben nicht in ein beliebiges Beuteschema gepasst vom Haken laufenlassend zurückgeworfen weiter seines Weges gehen darf. Mehr als einer machen sich gerade auf den Weg. *Sie braucht das.*

Es ist ein Leichtes.

In soliden Positionen wird es immer zu tun geben.

Der verfolgte Hund versucht es wie der Hase - Potenzial ohne Technik kann sich böse verlaufen.

Es ist ganz einfach.

Unter unbegrenztem Himmel pumpt der Sprinter seinem Anschlag entgegen. Der eingespielten Abläufe höchstes Tempo nimmt Vorgänge vorweg, Vorhänge ab, die gereinigt gehören, überholt den noch nicht griffigen Pfeil der Eskalation und entfernt sich deren Zeit voraus.

Sie wollen das nicht, zu keiner Zeit.

Am Limit des Moments ist nichts erledigt.

Die Kapseln gehören aufgefüllt. Dinge eben, die gebraucht und zu Neige gebracht werden, wie von anderen auch, die stehen bleiben, wo die Läuferin weitergeht. Das Gelände wird schwierig.

Der auffallend schnelle Punkt entkommt dem Fernspäher des Jägers.

Die gläserne Helle der käfigartigen Stahlkonstruktion entzieht dem letzten Licht des Tages die Wahrnehmung dafür. Der klare Linienverlauf leitet leichtfüßige Supermarktmusik in die letzten Winkel entlang und bildet mit frischen und grünen Details multiple Bauten in perspektivischen Feldern aus Beauty und Wellness, Elektronik, Kommunikation, Schmuck, Mode, Cafés und Bars und vielem mehr und hier wird er zum Erlebnis; doch was sie beim letzten Einkauf erlebt haben, werden sie nicht mehr sagen können.

Ein wenig weiter über den Rand hinaus, könnte ihnen der lächelnde Delphin in den Mund spucken.

Die klatschenden Intervalle der Fontäne im Zentrum des Orientierungssystems laden von verschieden lang zurückgelegten Wegen Kommende zum Verweilen ein, von denen alle zusammen in ihrer gesamten Laufbahn nicht so viele Zeilen geschrieben haben, wie von der Zeit ihres Aufenthalts Daten unsichtbar wie Sporen aufgezeichnet werden.

Und wenn von noch so weit her - *nicht jetzt.*

Durch die flanierende Masse - die so viel einsammelt, wie geht - setzt sich ein feuerroter Schopf sein Kind durch die enge Weitläufigkeit der ausufernden Bühne, an raumgewordenen Eigenschaften vorbeizerrend, Begegnungen auf identem Territorium aus, „schön bei mir bleiben. Du gehst mir nicht verloren."

Perfekte Körper für reine Seelen schreien vor Glück.

Das nebeneinanderstehende, gegeneinander wirkende Ambiente unternimmt ununterbrochen Versuch, in Versuchung zu führen.

Fühlen Sie sich besser.

Wohlergehen lässt sich mit uns leichtgläubigen Lügner ab einem gewissen Grad bei allem Vermögen dieser Welt auf keinen Handel ein.

Wem das nun ein letzter Strohhalm sein kann, fehlt in den allgemeinen Geschäftsbedingungen und wer weiß, wie lange noch.

Maria und Nina nehmen letzte Erledigungen für die abendliche Willkommensparty für den Soldaten in Kauf. Auch wegen ihr, wird sie um diese Zeit in Therapie sein, aber jetzt treibt sie ihre Tochter durch das Vollsortiment der auf Emotionen zielenden Verkaufsflächen voran. Hinreißendes Flötenspiel folgt auf die Angebote einer angenehm tiefen Durchsage. Auf Niveau der Sichtzonen bündelt sich das im Preis inbegriffene Gefälle leichter und schwerer Kunden in direkte Reichweite zueinander.

Beiläufig, notwendig, suchend, leuchten die von Wärmebildkameras eingefangenen Umrisse wohlig infrarot auf. Die expressive Ästhetik des Konsums kreiert ihre Bildgebung aus den Wärmegraden einer unnachsichtigen Vorausschau.

Bestens mit ihnen vertraut, sagen sie nicht immer, was sie wollen und wollen eigene Gelüste bekommen, was verdient wurde und die lassen sich nicht einfach so übergehen.

Die Einkaufsliste auf dem iPad ist weg.

„Wo war die denn jetzt - ", hektisch wischend, überall im Nirgendwo, „Nina, ich kenn mich nicht aus. Was ist das denn alles", der Krise nah. Maria würde ihrer Tochter eigentlich was zu zündeln geben, aber irgendwann nervt es einfach nur noch.

Die kann noch so sehr wollen - die will nicht.

Nach Entnahme währen die Lücken kürzer als der Leerstand, den es zu beheben gilt.

Sowohl, als auch.

„Ach, komm schon. Ich hab dir das schon so oft gezeigt." Keine Lust auf die üblichen Ausflüchte, lässt Nina ihre Mutter stehen, ruft ihr die Liste auf und macht sich davon.

Fein, dann so.

Maria bleibt genervt zurück, will ihr und ihrer Art aber unter Leuten nicht hinterherrufen. Digitale Anzeigetafeln passen ihre Argumente getaktet an wechselnde Bedürfnislagen an. Dazugehören oder nicht dazugehören; der Sound lädt zum Träumen ein. Einnehmend, wie viele Kräfte doch im Verborgenen dafür sorgen, in Balance zu bleiben.

Das iPad bloß nicht unnötig berühren, positioniert sie unhandlich ausgesuchte Corporate Designs sorgsam zu einer Collage im Drahtkorb, die außer ihr kein Schwein interessiert.

Darf ruhig jeder sehen, was leistbar ist.

Wie gesagt, den Finger am Ein/Aus-Knopf, Heckenschere, Spikes, das teure Tablet - *was hat das jetzt hier verloren.*

Maria rollt mit den Augen ihrem Mann entgegen, der nicht da ist. Durch räumliches Hintereinander bringt er es fertig, den Draht das gesamte zeitliche Nacheinander entlang bis zu ihr zu spannen, das ist prima. Hier werden sie auch Bacon finden.

Ein gutes Gefühl, auffällig einen Mitarbeiter zu ordern, wenn die Dinge zu hoch sind - etwa der Prosecco - und ein noch viel besseres, wenn dann kein Fremder kommt, der einem unfreiwillig aus den Täuschungen des benötigten Verbrauchs hilft, denen man sich aussetzt. Nachfragen werden bis in kaum zu erwehrende Streckzonen gelenkt, in denen die Überwindung von Vorbehalten nicht vorgesehen ist - *und wenn schon.* Nachlass wird auf Kosten einer vagen Freiheit auf die im Preis inbegriffene Selbstachtung gewährt.

Kann jeder für sich aushandeln; nichts ist umsonst, was kann es da noch zu sagen geben - andere Sorgen haben Vorrang.

Viola nimmt ein paar Blutorangen, legt sie in ihren Einkaufskorb ab und geht weiter, bevor Maria ebenfalls zum Obst kommt und gar nicht erst versucht, es ihrem jungen Gemüse schmackhaft zu machen. Nina triftet rasch zu den Süßwaren ab.

Vor dem Schokoladenregal stoppt sie, bis die Kundin vor ihr weitergeht, dreht sich dreist noch nicht einmal mehr vergewissernd um, schnappt eine Tafel und lässt sie routiniert in ihren Kindermantel verschwinden. Dann nimmt sie eine weitere und den Umweg über die Magazine und denkt bei allem aufgefrischten Klatsch an was zum Kauen für den Hund. Der weitreichende Schweif des Shopping-Swings schwingt eine Spur zu sehr ins Dramatische. Nonverbale Kommunikation spielt an jeder Ecke mit neuen Normen, potentielle Aversionen frühzeitig zu erkennen.

    Das knisternde Biopolymer nimmt ihre auf Höhe der Frischwaren eingeholte Mum hinterrücks aus der vorgebeugten Selbstbedienung.

    „Einen Moment, Madame. Das stand aber nicht auf der Liste."

    Maria inspiziert die Auswahl ihrer Tochter kritisch. Jeder einzelnen Packung der Brutpflege aus kleinem Nest anklebend, zergeht das aus gerodeten Wäldern fröhlicher Plantagenbauern rinnende Blut auf der Zunge, mit Vanillegeschmack.

    „Also, na ja – ", so kritisch dann nun auch wieder nicht - aber von Grund auf skeptisch zu sein, macht eine Mutter irgendwo bei aller Liebe auch zu einer Guten.

    „Aber Mama, das sind die Neuen aus der Werbung, mit viel Milch, voll gesund!"

    Maria liest die Nährwerttabelle laut vor, Nina zählt leiernd die Vorzüge des Produktes mit auf: Brennwert, Eiweiß, Kohlenhydrate, Fett, davon gesättigte Fettsäuren und so weiter.

Und ein abgebildetes Siegel für die Umwelt.
Man will ja an Morgen denken.
„Na gut, aber stell es im Kühlschrank so auf, dass man es sehen kann."
Eine Packung Pferdestrossen für den Hund missbilligt ihr das sorgsam arrangierte Markenbild.
Dieses verzogene Biest hat mehr als genug.
„Bring das zurück. Das verzogene Biest hat mehr als genug." - „Aber Ivan kaut gern auf Schwänzen rum", bricht ihm ihre Tochter ungebührlich laut die Lanze und kann es nicht sein lassen, noch einen draufzulegen, „fast so gern, wie er Zehen lutscht."

Leicht baff, aber nicht bereit, an eigener Dynamik einzubüßen, sieht sich Maria bei aller ertappten Scham veranlasst, mit ihrer aufsässigen Tochter im Dialog zu bleiben, der mit der Zeit (sie weiß nicht, wann und warum) energischer als gedacht geworden ist.

„Darüber werden wir noch zu reden haben."
Nina verfällt – aus Mangel einer Tür, die sich zuknallen lässt - in ihr typisch, trotziges Schweigen.

Unnachgiebig in ihren eingenommenen Positionen, sind sie eigentlich hergekommen, um aus ihren üblichen Ausnahmezuständen zeitweise ins Freie zu gelangen und nun ist es am Schlimmsten überhaupt:
Die anderen Leute schauen schon.
Die Musik ist stimmig.

Daheim wird ausgebessert.

Noch ist sie nicht soweit, aber: *ich habe an diesem Punkt ein Problem mit dir und ich sag dir auch, welches*; wird ihr Dr. Allbach unter ihrer Aufhäufung erfundener Schuld noch raten, die Dinge Nina gegenüber auf einen sachlichen Punkt zu bringen und dafür wird es dann bereits zu spät gewesen sein.

Unter Strom greifen sie nach der gegenseitigen Bestätigung suchenden Hand, die Eltern majestätisch über ihre Kinder halten.

Wären alle Neune, wenn es denn so wäre; die Kollektionen sind neu. Individuell, vielfältig – und doch so einfach.

Alles gebend, was sie braucht, verlangt Maria nicht zu viel, findet sie nicht grundlos und macht sich daran, die Scherben wieder einzusammeln, bevor sich noch jemand daran schneidet.

„Was Schönes hast du da noch – Nina, nein, bei aller Liebe: keine Schokolade. Sie ist schlecht für ein perfektes Lächeln", ihre Tochter fährt den erwarteten Punkt ein, „oder willst du etwa irgendwann so aussehen?"

Kommt sogar noch ein Punkt extra. Ihre Mum deutet auf einen Dicken, der genau im falschen Augenblick hersieht, „nichts für ungut."

In solchen Momenten bildet sich der Charakter.

An der Kasse kratzt Nina ihre Finanzen zusammen, „bin gleich wieder da."

Die sorgsam auf Band platzierten Produkte ruckeln auf den Scann zu, die Reihe rückt auf.

Nina drängelt sich zu Maria zurück vor und stellt sich mit einem Stickeralbum hinter ihrer Mutter an, die ihr das Heft schroff aus der Hand nimmt und demonstrativ die leeren Seiten des Albums durchblättern lässt und nach dem Preis dafür sucht.

Dabei zuzusehen, wohin Aufgefülltes ausgegossen überall nicht hinfließt, legt die Mechanismen aus Reiz und Reaktion irgendwann trocken. Spinner finden sich in jeder Reihe.

„Das hat ja keinen Inhalt! Nein Nina, für nichts ist das viel zu viel. Ein leeres Buch, wer macht denn so was, bei aller Liebe" - „Komm schon, ich bezahl selbst!" - „Wir geben dir dein Geld nicht, um dann anzuschauen, wie es verheizt wird."

Nach ein paar Mal wird Nachlass gewährt.

Von Prozenten und Sammelpunkten geködert, doch das dafür vorgesehene Fach leer, „Nina, hast du meine – ", fischt Maria geduldlos in allen Taschen nach ihrer Kundenkarte und bekommt vor allen kaum zu kaschierende Panik auf den Haken.

Ausbreitende Verzweiflung über das Ausbleiben der Nachsicht derer hinter ihr, auf die sie sich gewöhnlich gewiss und gerne stützt, macht es nicht einfacher. Mehr Zeit, sich nochmals umzusehen, aber provozierten Klienten mangelt es allzu oft an Dankbarkeit.

Wir unterbrechen für eine wichtige Durchsage.
Die deutlich ausgeschilderten Fluchtwege führen nicht zwangsläufig in gesicherte Bereiche.

Die Ventilatoren der Lüftungsschächte filtern die Abgase stoisch und hypnotisch aus den Geschossen der Tiefgarage. Die ablaufende Zeit für Erledigungen treibt den Abend in milde Hektik.

Nina hilft ihrer Mutter kein Stück, als Maria die Einkäufe im Kofferraum des Mercedes verstaut.

Viola kommt an den beiden vorbei, steigt in den 59er Chevy Suburban auf dem Frauenparkplatz neben ihnen, lässt dröhnend den Motor an und setzt das rückwärts eingeparkte Monstrum Reifen quietschend zügig aus der Parklücke und schießt die Ausfahrtsrampe hoch. Die Ziffer der Belegungserkennung erhöht sich.

„Leute gibt´s, unmöglich! Bringst du den Einkaufswagen zurück - bitte."

Nina will mal nicht so sein und bringt ihn zurück und lässt sich absichtlich bedächtig viel Zeit dafür.

Sie tanzt langsam und spielerisch durch die Parklücken, hüpft über Ölrückstände und grüßt dabei wildfremde Menschen.

Eine Frau geht an ihr vorbei, verliert ihr Portmonee, nach dem sich Nina augenblicklich bückt und der Dame hintereilend zurückgibt, die sich perplex bei dem jungen, aufrichtigen – und überaus hübschen - Mädchen bedankt.

Von dieser Sorte dürfte es mehr geben, aber die Belohnung bleibt aus.

Richard beobachtet sie überrascht hinter dem Steuer über den Rückspiegel, als Nina an seinem Toyota vorbeigeht und keine Notiz von ihm nimmt – *das hätte ihm noch gefehlt.*

Wenn sie allerdings mit ihrer Mutter hier sein sollte, ja dann, aber ihr Auto kann er von hier aus nicht sehen und für einen Abend reicht eine Spur, die es aufzunehmen gilt, aus.

Ein paar Personen geraten um einen Parkplatz in Streit, der noch nicht frei ist.

Auf das Leitsystem ist kein Verlass.

Maria sitzt bereits im Auto und beobachtet wiederum Nina im Seitenspiegel, die mit ihrem iPad zu filmen beginnt und dabei penibel darauf achtet, ihre wartende Mutter nicht von hinten ins Bild zu bekommen.

Neid staut sich in den tiefer werdenden Gräben abgetragener Berge auf, die sich angesichts der Möglichkeiten, die ihre Tochter hat *und sie nie*, nur schwer überqueren lassen.

Nina erwidert provozierend Marias eingefangenen Blick und lässt sich noch mehr Zeit.

Der Freilauf des Kettenantriebs rattert in der Stille der frühmorgendlichen Dunkelheit durch das Spalier aus Raffineriesilhouette und Grillenzirpen.

Bald beginnt das Zwielicht.

Noch verschwindet das schwach leuchtende LED der Hofkamera, die ihn in kurzer Ferne von weit oben gefilmt haben will, *doch er wird es nicht gewesen sein.* Stahlkappen schleifen über Asphalt. Hänger biegt mit dem viel zu kleinen Bike auf den Hof ein, stellt sich aufrecht hin und lässt es mit Tempo nachlässig in den übervollen Fahrradständer krachen.

Noch ist niemand da; die Scheinwerferkegel des Müllwagens als einzige Lichtquelle.

Acht Sekunden später, er steigt ein.

Dumpf hallt im Cockpit eine Melodie.

Sergej startet den Motor.

„Morgen. Wieder neues Rad. Alle Räder von dir! Müssen weg, sonst Problem mit Chef - ", nuschelt es in den schweren Schnauzer, als wäre die Melodie nicht mühsam genug, „- der aber mein Schwager ist. Hab ich ein Glück."

„Was ist *Schwager*?"

„Sheriff – mein Schwager ist hier der Sheriff. Sei so nett und mach das Radio aus, ja?"

Sergej sieht ihn bedenklich an; dann auf das Radio. *Kein Radio.*

Hänger reibt sich über das unrasierte Gesicht und kramt seinen Kram aus seiner unschlagbar praktischen Tasche hervor, wie sie eigentlich nur Frauen tragen.

Sergej dreht das Radio an. Musik setzt ein.

Der Hecklader setzt sich in Gang.

Vereinzelt verirrt sich kurz aufkommender Verkehr unregelmäßig in den momentan noch verlassenen Straßen.

Müssen die meisten erst noch oder gar nicht, müssen manche noch früher anfangen. In zwölf Stunden wird noch kein Ende in Sicht sein.

Hänger schenkt Beiden Kaffee aus seiner Thermoskanne ein, Sergejs in dessen Outdoor-Becher, sich selbst in einen großen aus Plastik, mit Aufdruck – ein Geschenk seiner Tochter – und stellt ihn in den ausgeklappten Getränkehalter, wo Justin Bieber nun der Kaffee bis zum Hals steht.

Wenn er aussteigt, ist er der starke Mann, aber hier drin sieht das ja keiner.

Dann lehnt er sich zurück, zaubert einen kleinen Joint hervor und zündet ihn an. Sergejs stark behaarte Unterarme ruhen behaglich steuernd auf dem breiten Lenkrad.

„Hast du guten Tabak", Hänger lässt die Beifahrerscheibe in die Tür senken, „aber machst du Fenster runter."

Schon heftig, wenn er so überlegt und den Weg seines Fahrers nachzeichnet, dem nach der Annexion seines Landes die Heimat genommen wurde, unbeabsichtigt einer kaum gewollten Minderheit beizutreten hatte und sie nun in ihr Grenzland zwischen Arm und Reich bringt.

Unrat hebt die bestehenden Unterschiede auf.

Der Bach aus den Augen runter reißt nicht ab und mit ihm mehr, als man selbst jemals sein Eigen nennen wird, überall an einem Tag eine Sache von Sekunden.

Draußen rauscht gemächlich Landschaft vorbei.

Freie Lichtschranken, der Motor heult auf. Hebel und Knöpfe werden per Zweihandbedienung betätigt. Linearer Druck der lauten Hydraulik presst das Gegenschild vorverdichtend durch die Ladewanne und staucht die Schüttung im feuerverzinkten Pressraum gegen die Rückwand.

Verschlüsse schnappen zurück, die Container bleiben nicht lange leer.

Sergej halbiert mit großem Jagdmesser Chilischoten hinterm Steuer, mampft schmatzend seine Brotzeit, nimmt einen herzhaften Schluck Kaffee, lehnt sich zufrieden den Bauch kraulend gegen die Fahrertür zurück und lässt seinen Blick über die friedliche Stille der weitläufigen Golfanlage schweifen.

Hänger wartet im schicken, aber unspektakulären Büro darauf, seinen Durchschlag des Lieferscheins unterzeichnet zurückzubekommen.

Kein Glamour für die Managerin, an dem die frühe Tageszeit abprallen könnte.

„Da wäre noch eine Waschmaschine, die weg müsste." - „Nehmen wir nicht an. Dafür sind andere zuständig. Tut mir leid."

Die Managerin entnimmt einer Geldkassette einen großen Schein und legt ihn vor Hänger auf den Schreibtisch, *für seine Mühen*, wenn er sie doch mitnimmt.

Dieses Ding wäre dann die ganze Zeit über dabei.

„Da brauch ich aber meinen Kollegen, etwas älter als ich, leicht gebrechlich."

Ignoranz kann auch ertragreich sein.

„Hauptsache, sie verschwindet", verdoppelt sich der Betrag kühn.

Er fällt ihm fast entgegen, als Hänger darauf zugeht, die Fahrertür aufreißt und Sergej die Scheine auf das Jagdmesser spießt. Die Automatik passt sich den Verschmutzungsgraden an.

Sie sollten es sein, aber wenn der Austrittspunkt nicht dort ist, wo er eingetreten ist, wird der Sheriff schon sehen, ob ihn der Sand trägt.

Das Gewicht gibt ein bewussteres Gefühl dafür.

Den schwierigsten Schlag findet man vermutlich im Bunker. Auf die Gewichtsverteilung ist unter allen Variablen zu achten.

Sie haben so viele Waschmaschinen gewonnen, wie sie tragen können, wisch, wasch.

Hänger bekommt den Vogel - Anna endschleudert ihn bis auf den Golfplatz, über den sie sich mit schwerer Maschine mühen.

Die einzige Möglichkeit, Tiefe zu kontrollieren, ist die Höhe beizubehalten.

Trotzdem sinken sie ein, er mehr als Sergej.

„War nicht gut von dir. Jetzt Schnitt im Schein. Später Problem an Kasse."

Wer sich ohne Argwohn von allem und jedem am Arsch lecken lässt, kennt sich in ihr aus und weiß, wo in Teufels Küche der Pfeffer steht.

Hänger würzt viel nach.

Falls zu viel, tut es ihm leid.

An einer Fahnenstange stoppt Sergej, stellt daneben ab, wischt den Schweiß vom Nacken und sieht sich den Frontlader nochmals genauer an.

Das ist nicht *normal*, auch wenn das Symbol am Programmrad anderer Meinung ist.

„Versteh das nicht."

„Die Trommel ist leer - für Dreckswäsche."

Sergej winkt ab und geht zurück.

Hänger folgt ihm.

Der Sheriff wird sich darum kümmern.

II.

Herznote

In Stiefeln, wie sie Cowboys tragen, könnte er sie sich gut vorstellen. Aus denen die sie trägt, gehen sich locker zwei Paar aus. Die spät explodierenden Nuancen ihres Dufts spielen ein dezentes Lied.
Bittere Orangen und weiche Blumen zur Dekoration; ein frisches Lied auf Herznote, nur für ihn.

Ab dieser Sitzung wird es teuer.

Mit jeder angespannten Faser seines Körpers war der Versuch vergebens, die seelenpflegende Fängerin auf ihre eigenen Falltüren zu locken.

Anderer Anreiz, anderer Ansatz; und die Allbach trägt keinen BH, *das Stück*.

„So einer Situation ausgeliefert zu sein und zu wissen, dass dem so ist, stellt vieles in Frage"
Jetzt geht das wieder los…

„Leider müssen wir direkt einsteigen. Sie waren spät dran."

Noch verzichtet sie mit dem eingetriebenen Herdentier vor ihr nicht auf ein Rennen darum, wer hier im Stall der Viehhirte ist, doch die verästelnden Zusammenhänge stufen bereits in eine absehbare Zielgerade ab, *allein auf weiter Flur*.

So hat sie sie besonders gern.
Ohne Seil, ohne Haken.

Zu viel Einbezogene machen unabdingliche Korrekturen nur ineffizient.

Stramm, ist die Doktorin gefesselt, ihn bald packen zu können.

„Ein Resultat muss nicht verstanden werden, um über seine weitere Verfügung zu bestimmen – oder was dachten Sie?"

Auch ohne sich weiter die Mühe zu machen, seine Abneigung gegen sie zu verbergen, wird es allmählich eng für ihn. Die Ausrichtung seines Sessels zieht den einzigen Fluchtweg in eine kränkende Länge, zum Ausgang lang genug, als hätte sich jemand mehr dabei gedacht.

An genau seiner Stelle.

Ihre Gestattung wartet er gar nicht erst ab, „entschuldigen sie mich einen Moment", geht den Thron aufsuchen - was schneller vorbei war als vorgenommen - und verfällt ihr gegenüber wieder in seinen unbekümmerten Blick mit Tötungsabsicht.

Die Therapeutin dämmt ihm mit Gesäß an den Tisch gelehnt stehend weiter den Radius ein.

Ein wenig Feuchte ist den unerwartet sanften Papierhandtüchern wohl entgangen. Schlank ragen makellose Beine aus ihrem unseriös knappen Kittel, lang, herb und eng bestiefelt. Das raffiniert blühende Spiel der bitteren Orangen wird wuchtiger.

Kein Raum ein Raum klarer Trennlinien, in dem nicht in die Enge getrieben werden könnte.

Kein Partner, der sichert, sichert die Feinmotorik.

Als wäre sie es selbst noch nicht, reibt sie mit benetztem Finger über eine einzig winzige Pustel an ihrem Bein, „wären wir dann soweit?"

„Sicher. Wenn sie mir noch einen Schluck Wasser hätten, gehöre ich ganz ihnen."

Ein anständiger Mensch ist limitiert, wenn er dafür den Anschein erfordern muss.

Falls die verschiedenen Stücke nach Durchsicht des Verfahrens passen, fächert der Ertrag ihres langen Schaffens die schemenhaften Schalen seiner Hintergründe auf dem infiniten Feld hinter den Fakten so auf, die ein Motiv erst zu einem solchen werden lassen.

Kennt man an der Vertikalen.

Über den sich daraus ergebenden Effekt hinaus gesteht sie sich jedes weitere Mitgefühl als triftigen Zwang ein; denn so haben sie sie werden lassen.

Im Umgang mit großen Kalibern routiniert, schenkt die wendige Doktorin aus edler Karaffe ein und wird nur einen Schuss brauchen.

„Wir sind alle auf derselben Seite. Fühlen Sie sich nicht angegriffen - oder sollten wir besser Verstärkung rufen?" *Ohne Ziel, ohne Zenit.*

„Ich weiß, worauf sie hinauswollen", blättert der nicht bereitwillige Klient vor, seine Deckung zu vernachlässigen, „ich bin nicht stolz darauf, aber ich bin es nicht gewesen. Ich konnte nichts tun."

Beobachtungen unter verrauchendem Zorn werden schnell vage. Doch zu sagen, wie es ist, verringert etwaigen Zweifel.

Die Verzerrung zu eigenen Gunsten formuliert Fragen so lange neu, bis sie die Antwort bekommt, auf die sie hinauswill. Hin und wieder von der eigenen Leine lassend, ist es Dr. Allbach persönlich nicht unbekannt, wenn sich selbst zu genügen Gut und Böse nebensächlich macht.

Fernab ersehnter Ernte tragenden Bäume grüner Wiesen, die sie für gewöhnlich in den schematischen Anlagen der Leidenden zu kultivieren pflegt, bewirten die zierenden Dornen der vereinzelten Zimmerkakteen eher schattenverträgliche Naturelle, wie ihn.

Selbst hier, auch wenn er es sich leisten kann, kann er es nicht sein lassen, zu essen.

Frei von eigenem Ausmaß, fließen Dinge ungefiltert ineinander, die nicht mehr gesondert werden können. Dr. Allbach pausiert auf dem bereitliegenden Tablet beiläufig das dutzendfach aufgerufene Attest einer rastlosen Hetzjagd.

„Worauf sind Sie denn stolz?"

Er will gar nicht erst anfangen, von seinem Kind zu sprechen.

„Dinge ausgenommen, für die man nichts kann?"

„Dinge ausgenommen, für die man nichts kann."

„Nun, bislang keinen Schaden von Dauer verursacht zu haben." *Darauf, so.*

Die rechte Braue der Doktorin formt sich über den Brillenrand zur Sichel, bevor der Klient den einen Schritt zu viel macht, „wo bleibt mein scheiß Preis dafür?"

Clever, für wie er sich hält, hat der Klient gut überlegt; zu wenig, fahrig seinem Gegenüber, die ihm die Gegner gradweise in anderes Gewand kleidet. Jeden Zweiten, ist am Abend ein solcher Tag, den sie an den steilen Routen der Kletterwand ausklingen lassen wird. Der eigentliche, Impulse kontrollierende Ort der Behandlung.

„Da gehen die bisherigen Meinungen wohl auseinander." - „Nun", rasch den Gipfel seines Verfehlens abschätzend, „den Hund konnte ich nicht früher zurückhalten."

„Das steht jetzt auch nicht zur Debatte. Wir sprechen über das Video."

Beide haben einen bepackten Tag mitgebracht, aber spät bekommt er doch noch ihren Empfang rein. Noch einen stärkenden Biss; eine Spur zu herzhaft. Für ihn ist das neu.

Ihn interessiert das alles nicht. Verfehlen gestehen sich leicht ein, wenn sie als nicht mitverursacht angenommen werden.

Es hat ihn, gemächlich schmatzend, nicht interessiert, als er dabei war und warum sollte es jetzt noch, wo das Resultat daraus so langsam ein Ergebnis präsentiert, an dem er sich auch so schon genügend die Zähne ausbeißen wird.

Wenn bei ungewissem Ausgang zu viele Personen involviert sind, sollte man zuschlagen, falls sich die Gelegenheit zur Wirklichkeit ergibt.

„Das im Hintergrund, der sich sogar noch ein zweites Stück holt, sind doch Sie, oder täusche ich mich? Wie war der Kuchen?"

„Der Winkel war ungünstig", ohne es bislang gebraucht zu haben, sich ein zweites Mal anzusehen, wovon andere scheinbar nicht genug bekommen. *Krankes Scheißvolk.*

Und von denen muss keiner hier sitzen.

„Ich habe da gar nicht hingesehen."

Was er gesehen hat, reicht ihm - mit vollem Mund. Die harten Nägel der reifen Kaiserin erfreuen sich perfekter Pediküre und tippen sanft auf Dreieck. Der Ladebalken füllt sich, „wir sollten es uns ansehen."

Würde er hierbleiben wollen; spätestens jetzt will er doch lieber wieder gehen.

Ein den eigentlichen Betrieb bezeugender Pausengong ist in seiner langen Nachhallzeit zwar nicht als optischer Alarm sichtbar, doch jeder nimmt ihn wahr: er stimmt nicht mit den Bildern überein, die keine Pause lassen.

Kameras sind überall. Gesehen hat es keiner, niemand, diesen Vorfall, von dem so quälend lang nicht abgelassen wird. Gesehen haben will es keiner. *Sollen sie es unter sich ausmachen.*

Jeder, der dahinter war, wo sie sich in der Aula rumtrieben, hätte auch was unternehmen können.

„Also, von mir hat sie das nicht", bemüht sich der Klient noch, zurückzueilen, was auch nichts mehr vorwegnimmt und ihm weiter die Hände bindet, gegen die Nervenärztin einen Konter zu fahren.

Seinem bedingten Befinden eine Form, wurde für den Abend achtsam Kleidung gewählt. Tingelnd zwischen den Zimmern und Kuchenstand, ist sich einer angelegener wie der andere.

All das ist auf dem Video nicht direkt zu sehen, aber so ist es gewesen, er war dabei.

Auch den dicksten Brettern bleibt das Bohrloch nicht erspart, aber diesem Klienten ist der gefestigte Geist nicht abhanden, der im Umgang mit unkalkulierbarem Risiko klar von Vorteil ist.

Er müht den Anschein auszulösen, sich genau davon zu distanzieren, aber wer verborgen zu schätzen gelernt hat, wie das ist, bleibt vorbereitet.

Die Durchsage übergeht die folgenden fünf Sekunden unabgesprochener Stille.

Dann ist der Clip endlich aus.

Ein nicht vorhersagbarer Blick von ihr auf seinen gleicht die achtsamen Höhen beider Augenpaare ab, die verstehen, wie sie sich aus Ecken komplexer Systeme zu bewegen haben.

Die nächste Haltung ist die beste Haltung, die das Ergebnis stark beeinflussend eingenommen werden kann, verrät sich der Klient.

Wie man eben ist – da darf die Risse flickende Doktorin selber gar nichts sagen.

„Wir hatten wirklich keine Ahnung. Und welches, wie nannten sie das noch gleich, *Statement*, dahintersteht, kann ich ihnen bei bestem Willen nicht sagen. Ich wusste gar nicht, dass wir es neuerdings mit Politik hätten."

„Ihr Sohn war Soldat – aber entfernen wir uns einen Moment von der Vorstellung, dass allem ein *Statement* vorzupreschen hat", begibt sich die Doktorin hinter ihren imposanten Schreibtisch zurück, um mit ihrer Untersuchung fortzufahren, „aber es ist für Sie nachvollziehbar, weshalb die Reaktionen darauf so drastisch ausfallen, oder?"

Ohne zu wissen, woher der gesammelte Dreck unter seinen Nägeln stammt, beginnt der Klient von Zuständigkeiten zu stammeln, die ihn nicht betreffen, Technik, die er nicht versteht und außerdem, „anonyme Kritik interessiert mich nicht."

Die Doktorin weiß, wie man über den Dingen steht und nimmt es ihm ab.

„Kompetenz und Verantwortung stehen auf verschiedenen Seiten der Brücke."

Die anlockende Naivität ihrer Augen kaschiert kühn deren lauernden Überblick.

Die Form ihrer Stirn ist unglaublich.
Wie gern würde er darauf die Hand anlegen, anlegen und ganz, fest, zudrücken.

Er könnte sich endlich Gedanken über die Folgen für seine Familie machen, doch was er zuvor nicht getan hat, wird er nach allem, was war, jetzt auch nicht mehr anfangen. Jedes Ding zu seiner Sache, wenn es darauf ankommt.

„Wenn Sie ihren Charme dann wieder an mir auslassen würden; hören Sie, wenn Leidenschaft Liebe frisst - "

Das hat sie jetzt nicht wirklich gesagt!
Der Tag war lang.

Die Therapeutin krempelt auf der Suche nach dem Faden im Training stehende Unterarme frei.

„Eigentlich sag ich ja nichts, Frau Doktor, aber das war geschmacklos."

Die Humorzentren befinden sich außerhalb der Öffnungszeiten.

Draußen setzt sanfter Sommerregen ein.

Wir lügen aus Angst war es, worauf sie vor ihrem Fauxpas unterm Strich hinauswollte; was vielleicht auf die finale Fährte über ein *Was immer sie sagen*, oder ein nickend - erstes - echtes *Ja, ich war´s* führen würde.

Ein Ergebnis muss her, gut eingepackt in aufbewahrten Meinungen Anderer, die geglättet und gefaltet bei passendem Anlass bewährt Wiederverwendung finden.

Gute und schlechte Entscheidungen stoßen in der Spannbreite eines Urteils so lange unschlüssig aufeinander, bis eine getroffen liegenbleibt.

Es gehört zu ihrer Aufgabe, das Unterlaufen der Einstufung zu verhindern. Grob und schwierig hat sie sie gern, aber die Therapeutin will so viele wie möglich im Freien sehen; weshalb ihr die Sache im Fall seines Sohnes im eigenen Weg steht.

Die adelnde Hand mit Zugriff auf alle Historien der Gesundheit, Bonität, Konsum und Ortung korrigiert die Einstufung.

Das Rating entscheidet, welches Muster das Netz Beuteklebend weiterweben wird. Ein universell ermittelter Wert, der genommen werden muss, wie er gegeben wird. Dadurch legt die Doktorin die Steigung für ihre vergebens anrennenden Klienten fest, eine Sache für eine andere wieder gutzumachen - *so spielt es sich nicht.*

Das Gewissen gleicht seine Höhen an der Tiefe des eigenen Gefälles ab.

Er erinnert sich daran, wie er neulich in der Garage Nägel aussortiert hat und plötzlich ein Gefühl für sie bekommt, wenn sie eingeschlagen werden. Eben noch nicht sagen können, wann er hervorkommt, geht der Klient aus seiner Reserve, „bei mir war es wie bei allen anderen auch."

Das Feld für gestörte Impulskontrolle ist schon länger ausschattiert. Dr. Allbach bemüht ihr Schmunzeln und wünscht dem verallgemeinernden Klienten die Einsicht, die bereits eingesehenen Einsichten zu erkennen. Ein Anruf.

Entgegennahme, dem Klienten nebenbei das halbvolle Glas auffüllen und dabei alle bloß nicht wissen lassen, dass sie die Stimmungen auch alleine ausloten könnten, die sich erst noch formen.

Würden sie nach dem, was jetzt kommt, auf einen gemeinsamen Drink gehen, ging die Runde auf ihn.

Auf angehäuften Scherben bricht Glas voll sprudelndem Trost für ein wenig Aufmerksamkeit schon bei tiefen Tönen.
Maria führt es uns sehr schön vor.
Gar nicht genug bekommen mag man von diesem frischen Stil für ein unbeschwertes Zuhause!
Kleinere Spritzer waren unvermeidlich.
Man kann noch so aufpassen, dass nichts daneben geht...
Klebriger Saft staut sich ergiebig um den Schaft des Presskegels. Der entbehrliche Fleischanteil rinnt ausgepresst nach. Die verbleidende Stückzahl wird eingeblendet. Aus der Wirrnis der kleinen Küche mag man bei laut laufendem Fernseher wie das Zischen einer öffnenden Vakuumverpackung entweichen; *so, wie es hier aussieht!*
Nicht alles bekommt man wieder weg.
Das weiß Anna jetzt.
Beleben sie ihren toten Winkel. Der Alltag ist voller Lebensgefahren. Warum sich dabei nicht beneiden lassen - mit dieser Frage dürfen sie rechnen, wenn sie jetzt anrufen oder online gehen. Über der ahnungslosen Maria taucht ein Countdown auf.
Fern jeder Gewohnheit geht Anna dank Teleshopping nicht selten ihrer älteren Schwester nebenbei durch die Hintertür nach, die moderieren und vorführen und von sich behaupten darf, es geschafft zu haben und in ihrem Zuhause wiederum gewiss dem gleichen Sender folgt.

Das Spiel läuft. Jetzt ist sie erreichbar, *die eitle Herrin.* Anna versucht es auf Marias Handy, an das nicht rangegangen wird.

Zwischen ihnen liegen unterschiedliche Ansichten, Zeit, Kenntnis und ein Windpark und doch sind sie nur einen pochenden Impuls weit auseinander entfernt, von wo jede aus ihrer eigenen Röhre schaut. Die Sender sind auf dem gleichen Platz, über dem es zusammenbrauend aufzieht, doch nur Anna spürt die Stimme des Direktors noch immer wie Hauch im Nacken. Das stille Fauchen eines schwesterlichen Sturms raunt knisternd durch rar getarnten Anschein, mit dem die unaufgeregte Ruhe möglichst ohne weitere Gegenfragen ausgelegt wurde, um darunter steile Verschanzungen anzulegen, die den allseitigen Gegenwinden *bitte* standhalten mögen.

Und – ihr Lieben – ist es manchmal nicht mühsam? Haben sie Probleme nicht auch satt?

Am unteren Ende ihres selbstständig angelegten Maßstabs lagert sich lange schon das Besondere ab. Das Thema und die Tafel des kommenden Abends werden von ihrer Angst ausgerichtet sein, das Essen und die anstehende Aussprache könnten nicht ausreichen. Unter Umständen runden sich so die Ecken ab, in die Anna bislang flüchtete.

Ihr Sohn ist heil zurück. Weigert, sich zu öffnen. *Das ist alles egal.* Er ist heil zurück und wird von ihr alle Zeit der Welt bekommen.

Über durchschimmernden Rückstand werden beharrliche Etiketten neu beklebt. Vielleicht zeichnet sich dadurch noch sichtbar ab, was vorher war und schildert, den Dingen nachgegangen und immer in der Nähe gewesen zu sein; keine paar Meter voneinander, die zu weit wären, ein Desaster zu verhindern.

Von wegen.

Nur Vorteile, die alle in eine Hand passen.

Wenn sie schneller als der Countdown sind, liefern wir ihnen jeden Beweis, den sie jemals brauchen werden. Sehen sie nur unsere Maria an!

Leichtfüßige Musik unterlegt den Beitrag, mit der eigenen Schwester als Star. Anna versucht es bei ihr zuhause. *Vielleicht ist Tom da.*

Wie fühlt es sich an?

Der stolze Funke ist frei von Sternen.

Wieder nichts, springt nicht über.

An frisch gewetzten Klingen haften Spuren gewürfelter Zutaten. Anna legt das beschmierte Telefon zur Seite und macht die Stimme ihrer unerreichbaren Schwester lauter, die weiter dazu auffordert, anzurufen. Selbst in ihrem eigenen Zuhause beobachtet Anna von draußen.

So ein Aggregat passt sich den Zuständen an.

Weitergehende Bedienungselemente, für die Sachverstand relevant wäre, verbergen sich hinter einer formschönen Abdeckung.

Unter die schlafwandlerische Stichhaltigkeit ihrer zeitsparenden Handgriffe schleichen sich leichte Bauchschmerzen vor Neid.

Wie und weshalb keine kleinsten Ungenauigkeiten eines aufwändigen Rezepts auftreten - *wie diesem, etwa* – honoriert ihr niemand. Niemand will wissen, warum so, *genau so* und nicht anders.

Nein, sie macht sich Gedanken, sorgt sich und spricht mit Direktoren, wenn es auch die Tochter ihrer unerreichbaren Schwester angeht, die Gianna nur in Versuchung führt, Feuer zu legen.

Es fehlt noch an Schärfe.

Soll Maria jetzt noch das Gegenteil beweisen.

Eine andere Erklärung gibt es nicht.

Hände ans Ende vom Geländer.

Spät ist es geworden. Die Unterhitze steigt synchron mit dem anbrechenden Abendrot. Eigenzeit trägt keine Uhr.

Es wirkt stresslösend - und tut ihnen noch andere Gefallen. Von ihrem Augenaufschlag könnte man sich genüsslich ins Verderben stürzen.

Fragen wir jemand aus dem Publikum.

Sie – ja, sie da, doch da ist kein Publikum.

Anna weiß das.

Gut darin, es so hinzudrehen, als gäbe es keine gleichwertigen Alternativen, veranschaulicht ihre Schwester anhand einer zu einfachen Grafik, wie das Produkt funktioniert.

Sie werden nie wieder etwas Anderes brauchen.

Wenn sie jetzt zugreifen, schenken wir ihnen ein weiteres völlig gratis obendrauf!

Maria nimmt demonstrativ eine Pose ein, von der sie ja keine Ahnung hat, wie unvorteilhaft ihre geschmeidige Hüfte darin rüberkommt.

Ihr feuerrot gefärbtes Haar hat wieder diesen natürlichen Strandlook.

„Den krieg ich nicht hin, was ich auch versuch."

Sich nach so langer Zeit noch immer darauf freuend, folgt Hänger durch den appetitlich duftenden Feierabend der erschöpften Stimme seiner bildschönen Frau, „was kriegst du nicht hin, Schatz? Brauchst du einen Vorkoster?"

Gemahlene Gewürze haften an der Sinnlichkeit ihrer rissigen Hände, die nach dem Telefon greifen. „Wen rufst du an?"

Anna deutet auf die Frau des Sheriffs im Fernseher. Der Sheriff selbst war bei Dienstschluss schon weg. Wenn sie nicht bestellen sollte, wird sie noch niemand erreicht haben und erreicht noch immer keinen.

Der Küchentisch zeugt ungedeckt von Annas Vormittag, außerplanmäßig diverse Zuständigkeiten auszumachen. Aufgeschlagene Prospekte und ein Möbelhauskatalog, um nach dem Gespräch mit dem Direktor auf andere Gedanken zu kommen, die über den günstigsten Angeboten schönster Prozente doch wieder genau darauf zurückführten.

Wasser verdampft zischend an der Hitze porenfreier Glaskeramik. Die Mimik dabei wie eine brennende Zündschnur verkürzt, erklärt Anna Hänger nochmals Wort für Wort, was sie ihm bereits am Handy gesagt hat.

Hart, die erneut verwendete Tonfarbe auszuhalten; Macken auf schmalem Grat eben, die uns einander so unschätzbar ausmachen oder sich als Kippe verstehen, auf der unerkannt Drohungen unbeaufsichtigt spielen können.

Seither sind ein paar Stunden vergangen, in denen er sich Folgen überlegen konnte, für Gianna - und Nina, die Sherifftochter - sicher, aber auch sonst - genug Zeit, eine gute Erklärung zu finden.

Nur hat seine Frau, mit der irgendwas ist, ihm eben nicht alles gesagt.

Können sie mir einen Grund nennen? Unsere überhitzten Leitungen wissen keinen. Darum auch die kleine Wartezeit - kurz, aber wir haben sie.

Bei geringer werdender Verfügbarkeit gilt die einzige Eintrittskarte ohne Umweg übertragbarer Distanzen für ausverkaufte Vorstellungen, in denen man einander über Reihenhöhe ausweicht.

Anna wird den Kanal nicht wechseln wollen. Das Bild ist fehlerfrei. Klauseln werden heutzutage schnell unzulässig. *Sie können aufhören zu zählen.* Ausgerechnet jetzt, wo er versucht, sich keiner Urteile mehr über Dinge zu bemühen, die ihm ins Gesicht springen, kommt *sie* mit dem Vergrößerungsglas. *Kommen sie mit. Lassen sie es sich zeigen und zeigen sie es allen.*

Hinter Maria bewegt sich ein brummender Panda. Die Assoziation zwischen Ton und Geschehen machen furchtbar nervös.

Und von Lupen wird ihm schlecht.

Nach dem, was ansteht, kann er es nicht bringen, umzuschalten.

Der aufziehende Sturm in Annas Augen lässt ihn nicht vom Haken, an dem sich Hänger hängend für einen Moment gefälligst anzustellen hat.

Soll sie ihr Programm haben.

Unter arrangierten Blüten und Moos in wenig Wasser einer quadratischen Glasvase klemmt neben seiner vollen Kanne Anerkennung, sich trotzdem die Mühe dafür gemacht zu haben - so, wie immer - eine *Bitte vom Netz nehmen*-Notiz von Gianna. Die Steckdose lädt ins Leere.

Der ganze Strom umsonst.

Neulich noch eines ihrer größeren Probleme; schön, war es, dieses stete Thema unter Reiz.

Da war es noch ein Vorher ohne Nachher.

Würde sich hervorragend in der Vase machen.

Der Abgang wird nicht einfach. Einfach abgehen, spielt sich nicht. So wie einmal entknotete Feststellungen schwer auch anders passiert sind, mindern unbedachte Romantiken ihre Delikte durch zeitweiligen Verzicht auf das, von dem man kaum lassen mag. *Jetzt, wo es gesagt wird.*

Anna wählt ihre Schwester im Fernseher an – mit deren echten, nicht der eingeblendeten Nummer – mit einem Blick, den er kennt und mit der Klarheit einhergeht, die auf den Bruch eines Tabus rigoros folgt und sagt *ich frag dich nur einmal*, „er hat ihr die Waffe erklärt."

Wir erhöhen um eine Stufe.
Die phonologische Schleife folgender Wortfügungen hindert Marias blasser werdende Erinnerungen an die gestochen scharfe Aufzeichnung nicht daran, sich wie ein frisches Aquarell zu verhalten.
Wie während der Aufnahme, ist sie auch bei der Ausstrahlung zugegen und hat Schlimmeres zu ertragen, als sich bei Arbeit zuzusehen.
Es sieht so anders aus, als es war.
Maria sieht die Episode deutlich fern funktionaler Fixierung vor ihr, in ihr, sieht sich mit dem Blick der anderen Seite im Fernseher agieren; weiß, wer wo was im Studio getan hat, als das Model da so Platz nahm und ihr Unterleib noch nicht verpixelt war.
Bleiben viele abgegebene Mäntel über, waren leere Taschen Chef der Kunst. Aber ihre eigene Brust steht erster Rang. Mehrmals eingeblendet, fällt ihr der Name des feschen Experten an der formschönen Handhabung schon nicht mehr ein.

Anna hört nicht auf, anzurufen.

Warum kuckt die nicht auch, wenn die eigene Schwester den großen Auftritt hat; *sie weiß genau –*

Maria nimmt nicht ab. Das Telefon braucht sie, um es ebenso gut abzuschalten zu können.

Keine Stille, die es zu stützen gilt.

Ihr Mann kommt am Rand ihres Gesichtsfeldes vorbei; sie hat nur Augen für sich.

Wir erhöhen um eine Stufe.

Zwischen sich an Toast, Kaffee bedienen und Ninas Zeug vom Tisch räumen, bekommt er zufällig sein Sternzeichen mit, wird kurz hellhörig:

Die Vergangenheit kann sich im Laufe des Tages melden. Im Anschluss, dass seiner Ex:

Sie finden Dinge auf dem Dachboden, was eine Panik freisetzt, die sich ab jetzt unterschwellig durch den gesamten, eben erst angebrochenen Tag ausbreiten wird.

Hat dann aber nichts mit Horoskop zu tun.

Haben die überhaupt einen Dachboden –

„Hey Schatz, du bist im Fernsehen!" - „Sei so nett und mach da nicht so viel von drauf. Es sind auch vernünftige Sachen da." – „Ivan, hier her!"

Ohne Rücksicht auf Verluste nähert sich das Poltern auf Kommando aus seinem Versteck.

Ersehnte Belohnungen gleichen den Einsatz für periodischen Fick mäßig aus, wenn es zäh geworden ist, bis sie endlich in Form eines ebensolchen erhalten werden.

Oder eines Sandwiches morgens, danach, mit Fleischresten vom Vortag, für den Anfang.

Die Hand bleibt dran, was aber bei aller Gier auch schon alles war. Der üppig belegte Effekt der Erkenntlichkeit ist früh für den Hund. Ein gewohnter Umgang mit ersetzbaren Arrangements, die auf der persönlichen Skala zwischen der einen Seite, den Ausbruch zu brauchen und der anderen, Alleinsein nicht ertragen zu können, auf den Punkt verlagert werden, an welcher Stelle die Balance des Waagebalkens keinen Knick mehr macht. So tun, als ob – verborgen lügend etwas Unsichtbares vortäuschen, was inszeniert widerzugeben versucht, wie es ist, wenn gewesen war, was sein könnte – war es, was er in seiner Frau, der Schauspielerin bis aufs Blut sah und im Goldrausch ein Diamant war, dessen Strahlkraft seine eigene Menschgewordene Unart blendete, in ihr ein Ideal zu sehen, dass selbst eine Frau wie sie nicht darzustellen vermag.

Der gebündelte Mechanismus fließender Identitäten ortet seine Umschaltstellen über Flüsse, die erst als Grenzen erkannt werden, wenn die ausreißende Mitte der Strömung es nicht mehr gestattet, nach seinen darin verborgenen Schätzen zu schürfen. Maria sieht auf dem anderen Fernseher weiter und buchtet nebenbei im Schlafzimmer die Dellen aus dem Überzug; das großformatige Portrait von sich in ihrem Rücken.

„Hast du Ivan ins Bett gelassen", hält Maria ihm ein paar gefundene Holzsplitter unter die Nase.

„Nein, das war ich. Wenn ich nicht einschlafen kann, schnitz ich gern noch."

Genau unauffällige Momente wie diese hätte er ausgeschlossen, sich ausgerechnet an solchen versuchen, festzuhalten; ihre Kleidung nicht zu vergessen und all das, was damals noch möglich und unspektakulär war – Kaffee: *heiß* – Foto: *Shop* - Hund: *Desaster* – Programm: *Wahl* - in diesem Augenblick, mit einer Frau, die ein paar Jährchen früher (so um die Fünfhundert reichen locker) andere dazu hätte verleiten können, ihretwegen Tragödien samt Fackeln zu entfachen, die zu ihrem roten Schopf hin, oder von ihm weg führen – der Gang durchs Feuer für ihren käsigen Knackarsch unausweichlich. Der herbe Geschmack ist röstfrisch, kommt wieder.

Wenn sie ging, gab es keine Ausreden zu finden, was eingekauft wurde; da Konsum nachweisbar mehr über dich aussagt, als ihm lieb ist und er sich das auf Dauer nicht anhören kann. Seinen Partner sehen zu können, wie er sich gemeinsam mit einer unbekannten Dunkelziffer selbst auf allen Kanälen verfolgt, relativiert die Dramen, die auf anderen Programmen einhergehen und trägt einem – *wenige treten beim Eintreten ab* - die ganze Welt ins Haus.

Wenn es noch zur Sprache kommt, versteht Dr. Allbach den Aufwand der Anstrengung, um zu beeindrucken und wird etwas sagen, wie: *egal, wie sehr man es versucht, Momente lassen sich nur im Nachhinein behandeln, als ganze Person.*

Was man macht, wenn diese ganze Person von allen Seiten den Moment umstellt, hilft auch weiter; hätte es doch nur jemand vorhergesagt. Bei strikter Beachtung der Bedingungen bleibt wenig über.

Die wiederholten Anrufe stören, aber sie ist öfters nicht da, obwohl sie hier ist. Marias Aufmerksamkeit gilt Maria. Die unsägliche Verkaufsshow seiner Frau überlagert zeitgleich Nachrichten, die Brisanz aufnehmend auch gesehen werden könnten; aber selten gerade reinpassen wie - Extraservice in der Werkstatt nicht berechnet - Frau nach Bestellung zufrieden – darüber wird nicht berichtet; wo doch mehr schöne Themen lieber Leute nett wären, die sich auch ereignen und warum nicht mehr davon und weniger von - *der Empfang in den Häusern ist verschieden.*

Unterschiedlich werden die Bilder zusammengesetzt.

Es ist einmalig so günstig hervorragend!

Kann ich ihnen kurz zeigen – sicher kennen sie das von sich - was macht man in Fällen, die man nicht aushalten kann?

Thomas könnte Maria – die wieder so dreinsieht, mit einem Blick, aus dem er nicht schlau wird - fragen, was genau sie nochmal in der Sendung verkauft hat - sie würde, wenn überhaupt, für die Antwort brauchen.

Wäre ihr Mann nicht hier, der das unablässige Klingeln kaum ertragend wissen will, „mit wem wollen wir nicht reden - ", würde sie es sich machen. „Anna."

Ihre Schwester und Thomas werfen das Störfeuer über ihr hin und her.

Seine Hand, die lange genug gewartet hat, bis sie zu ihr kommt, steigt nach oben, sucht nach ihrem Arm, erreicht ihn auch, aber Maria entzieht sich seinem über die Hebung ihrer Achseln nach unten hinauswollenden Griff gleich wieder.
Wenn ihre Schulter sich bewegt, dann sieht er das. „Geh bitte endlich ran."

Seine Bewegungen kommen langsam, leicht und beabsichtigt genau die Stelle ihres Nackens streifend, an der es ihr das Biest hilflos freilassend heftig kurz in den Schoß schießt. Der Treffer landet.

Ihr schroffer Impuls unwilliger Geilheit löst blindlings eine schnelle, womöglich zu scharfe Ohrfeige aus, aber Maria bleibt stolz und nüchtern und voller Haltung sich selbst gegenüber, noch immer in der Show.

Mit brennender Wange hält er ihr das läutende Telefon hin; seine gespannten Lippen nicht von dem Fleck nehmend, der sie zum Tier werden lässt.

Eine Woche her, reicht keine Woche mehr.
Maria gibt ihm zu verstehen, dabei gefälligst sein Maul zu halten und nimmt es ihm nur unter der Bedingung ab, „wenn du mich auf der Stelle fickst."

Ihr übers Display wischender Nagel gibt Annas eingehenden Anruf frei.

Heißer Hauch zirkuliert in ihrer freien Ohrmuschel, *du bewegst dich kein Stück.*

Seine pelzig werdende Fingerkuppe schmiegt sich stufenweise an der Wand des weiblichsten ihrer Muskeln entlang auf rauen Punkt zu und lässt den Atem der künstlich aufgeschobenen Aussprache einen Zug lang aussetzen; doch als sie am Telefon nicht mit ihr redete, wusste er es.

Die Hände bleiben über der Bettdecke.

Beide horchen Annas hörbar ins Gesicht gezeichneter Schamesröte zu, die es trotz ihrer typischen Wiederholungen allen nur einmal sagt.

Maria fragt nach, was genau der Direktor gesagt hat und ob sie ganz sicher sei, „du meinst dieses Ding zum Beobachten aus einer Deckung heraus – *wie, App* - Übertragung in Echtzeit…"

Nein, es gibt keinen Zweifel.

„Hände ans Geländerende."

Ich wusste, dass du das sagen würdest, freut sich Anna über einen ihrer seltenen Treffer.

„Nein, Anna – das vielleicht nicht – aber eine realistische Mutter schon. Und wie soll das jetzt – Anna, lassen wir. Wir reden. Ja - bye."

Thomas sinkt reumütig in sich zusammen, gezeichnet vom Bewusstsein eines Menschen, der dieses fest von überzeugte eben verloren hat, verschont worden zu sein. *Wenn man weiß, was es ist, ist es nicht mehr so schlimm.*

Hat er nicht gesagt. Kann er nicht behaupten.

„Jetzt haben wir den Salat." - „Ich weiß. Maria, es tut mir leid." - „Heilige - *Maria* mich nicht! Es ändert nichts daran - wenn du es noch so oft sagst." - „Wie sollen wir weitermachen?" - „Ich weiß es nicht, weiß es wirklich nicht. Du kennst dich mit Geschäften aus: finde eine Lösung - *aber halt uns da raus.*"

Loyalität ist ein Dressing, was ihr ausgegangen ist. „Warum hast du nichts unternommen - du standst nur da."

Thomas blickt erschrocken hoch, einen wehenden Strohballen lang ihr direkt in die fordernden Augen. „Sie sollten es unter sich ausmachen, weiß nicht."

Sie sollten es – das hat er jetzt -, „das hast du jetzt nicht gesagt!"

Das Gatter ihrer Arroganz steht weit offen und er war es, der vergaß, vorher abzuschließen.

Die Kleine hat ihr Biest von der Leine gelassen.

Müssen Spesen letzter Strecken selbst übernommen werden, umgehen königliche Wege zahlreich, aber „dir ist klar: wenn das durch die Decke geht, reicht kein Umzug. Da hilft es nicht, irgendwas zu putzen! Wir können im Internet nicht umziehen."

Es weggerannt, aber eingeholt nicht fassend, mit gezogener Arschkarte vielleicht abziehen zu dürfen, nimmt er es ihr unter der leichten Manie – *wäre mit ihr noch zu spaßen* - kaum ab, als sie ausdrücklich jede Silbe betonend sagt „wir – sind - normal."

Die erste Mine liegt hinter Maria; plötzlich vor sich ein ganzes Feld voll davon. Der Chorleiter vom Entschärfungskommando würde anerkennend applaudieren. „Ich rede mit meiner Tochter und sonst niemand, haben wir uns?" - „Wir haben uns." - „Gut. Jetzt hol Nina. Ich will euch spät sehen. Nimm den Hund und sie und fahrt ganz weit weg."

Die parierte Dankesrede: *na ja, ich brauch diese kleine Soziopatin jetzt auch nicht unbedingt bei mir; aber ich stell sie eine Zeit lang ans Band, Madame die Realität sortieren lassen* – kann stecken bleiben.

Der Preis für den Vater des Jahres wird ohne seine Nominierung auskommen. Bei aller Hingabe falscher Anreize nicht *dafür* vorgehalten, fordert ihn seine Frau hinter seiner Frau im Fernseher auf, näher an sie heranzurücken und auch, wenn es nichts Neues ist, was sie da hören, greift die aufgezeichnete Wiederholung nach dem weitesten Punkt, an dem ein Jetzt sein kann.

Er hat sie sicherlich verstanden, aber Esel kennen keinen Fluchtreflex, „trödeln könnt ihr wann anders. Sag ihr das."

Die echte Maria klatscht wiederholt in die Hände, setzt dadurch den zuvor desinteressierten Hund in Gang. Er versucht es gar nicht erst weiter.

Strenge Sanktionen sollen allem Schädlichen lehren, bemüht etwas Besseres zu sein. Was die Mutter lärmend vorlebend von ihr übrig lässt, zeugt angesammelt davon, Dinge auch lauter stellen zu können, wenn diese stören.

Nina kniet vor ihrem geöffneten Wandschrank. Aus dessen Boden hervor eine gut getarnte Schublade, hinter deren Zahlenschloss Querschnitte diverser Schokoriegel penibel aufgereiht neben Fächern voll Schokolinsen und Pralinen mittlerweile Nachschubreif noch immer darauf warten, weniger zu werden.

Für jemanden wie ihn, der ständig auf der Hut ist, kann man nicht vorsichtig genug sein; *was er auch war, so sicher,* doch wie oft noch war es dann ein Irrtum und dass da was kommt, ist klar, aber was ihn einholen wird, macht seinen Schritt schleunig, als könnten so die Ungewissheiten abgelaufen werden, die sich mit jeder möglichen Variation weiter ausdehnen.

Sobald nicht mehr frühzeitig über neu geschaffene Probleme nachgedacht wird, schwindet notwendige Autonomie; falls sie eingegangen wurde, wo keine Verbindlichkeit über die eigene Person hinausgehen kann.

An ihrer Zimmertür wird die Komfortzone klopfend zum Verlassen aufgefordert.

Die Kombination schützend neu verknüpft, verschwindet das Versteck schnell, diskret und routiniert in seiner Tarnung. Ansonsten öffnet der Mamastecher nach Erlaubnis zimperlich. Noch mit Schokolade im Mund versucht sich die Attentäterin nach einem bestimmten Kleidungsstück suchend nichts anmerken zu lassen.

„Hey. Auf geht´s. Trödeln kannst du wann anders." - „Mmh gleich da – "

Was ihm einfällt und er überhaupt wollen kann, bleibt ihr beinahe im Hals stecken – an seine Bände sprechenden Mimik kann Nina ablesen, dass das Band auf sie wartet.

An genau dem Punkt, an dem sie keine Ahnung hat, was vorher war und wie sie - nachdem Maria die Schiebetür zur Veranda öffnete - auf die Couch gekommen ist, hält sie kalter Luftzug in den Rücken davon ab, einzuschlafen.

Der reibende Druck dahinter expandiert über die Bleiche ihrer glühenden Schläfen.

Es muss ihr Schweiß sein, *oder hab ich geweint,* was ihre Wimpern getrocknet an der Freigabe eines klaren Blicks hindert, die gestochen scharfen Details verzerrter Klarheit wie nach Stunden Schlaf und tagelangem Traum wahrzunehmen.

Sie hadert, geht nachsehen.

Die Veranda ist zu.

Sie ist allein. Froh darüber; ist es ihr egal.

Erklärungen bieten größeren Sorgen gern ihren Platz an – sie sollen ja nicht stehen bleiben.

Irgendwo ist offen – das wird es sein.

Bei Maria wird der Gong geschlagen.

Alles um sie herum leiser werden lassend, stellt sich ihr eine Frage, die sie lange schon im Stillen begleitet, zum ersten Mal laut bei einer Prüfung mit Ausschlussverfahren *was werden die Leute sagen…*

Donnernd wirbelt Schutt über dem Areal auf.
PET-Flaschen rutschen vom übervollen Förderband der Sortieranlage dem Ende ihres Rücklaufs der Presse entgegenstürzend übereinander. Das kontinuierliche Knistern des gestauchten Kunststoffs konkurriert mit dem Konzert aus klopfenden Pumpern geleerter Kanister. Hypnotisch wirbelt geschreddertes Papier um die schweren Ketten im Durchzug beider hochgezogener Einfahrtstore. Der luftige Zauber einer Poesie keines tätigenden Blickes gewürdigt; wieder zurück, *hier,* geflohen unter Saubermachern für Entsorgen zuständig, *ein Baron.*

Wenn sein Tageshandel auch nur den Unmut bringenden Versuch darstellt, seine entbehrlichen Aneignungen im Brodeln unter dem Deckel bewährter Systeme soweit zu erhitzen, bis sie an Volumen gewinnen; schöpft der Sheriff hier an der Feuerstelle allein die daraus endlos brandende Gischt ab, ohne vorher fragen zu müssen, wer vor ihm dran war. Wie Komfort *hier,* mit Elend *dort* zusammenhängt, stellt sich am Rand der Peripherie in der Mangelverwaltung von Überschuss nicht.

Verursacht von Willigen, ungenannt durchzukommen, braucht es Lösungen für Probleme, die sich nicht lange genug auf dem schwarzweißkarierten Linoleum soweit draufgetreten glätten lassen, bis nicht mehr darüber gestürzt werden kann.

Thomas sitzt in seinem getäfelten Container mit Aussicht über die Anlage und telefoniert.

„Eine schmeichelhafte Lüge - leider sind mir die Hände gebunden: sowas nehmen wir nicht an - außerhalb unserer Zuständigkeit."

Sein Gesprächspartner erzählt ihm was von Zuständigkeit; davon, dass es *keine geographischen Entschuldigungen mehr* gibt und *wie bereits erwähnt*: will er dabeibleiben, sorgt er dafür. *Normen sind wichtig; mit Grazie zu umgehen.*

Kauf statt Reset.

Er winkt Nina zu, die angepisst angelieferte Fuhren händisch aussortiert, die wie bestellt und zur Strafe besonders unangenehm ausgefallen sind.

Winkt ihr zu, als fächere er die eigene Verlogenheit näher an sich heran; *als wenn irgendwas hier wäre, weil es noch repariert werden soll.* Damit wird es nicht getan sein. Nach Umsetzung derart fixer Ideen büßt die äußerste Strafarbeit, die sie für Madame im Repertoire hatten, jedes glaubwürdige Abschrecken ein.

„Wir reden immer noch von etwas, was man nicht einfach in den Ausguss kippt." - „Mag sein. Wer künftig berücksichtigt werden will, verbrennt das Zeug - und alle sind sauber aus der Sache raus."

„Soll die Asche eingetütet werden?"

„Bring uns nicht auf Ideen."

Eines der offenen Tabs mit dem Beweis Ninas Tat, x-fach im Ranking steigend - *wenn es die Kollegen mitbekommen, wird er neue brauchen* – hindert den Herrn über den Ofen daran, die Prüfung der Emissionswerte als Gegenargument zu bringen.

Bei solchem Heizwert hat man den Arsch besser woanders.

Thomas legt auf und geht grübelnd Unterlagen durch, wie die Weste bei dem Versuch, auf dem Schachbrettboden nur auf Schwarz zu treten, weiß bleiben kann. Solange Prüfschritte möglicher unerwünschter Aspekte in allen Phasen eines Auftrags implementiert bleiben, ist korrumpierendes Verhalten von Dauer geduldet; und er braucht nicht zu raten, was er getan hat.

Du lässt nach, mein Freund.

Wird Zeit, den aus dem Müll gezogenen Bullenschädel von der Wand zu nehmen.

Aber vorher macht er noch ein Foto von Nina, wie sie in ihren letzten Fetzen ungeschminkt durch Berge aus Abfall stapft, postet es auf ihren Account und freut sich, dass der Schandpfahl mittlerweile kompakt in jede Hosentasche passt.

Verselbstständigter Austausch bedeutet radikal verrückt. Verfügende Gewalt darüber aus den Händen gebend, verwenden sie hierfür das gleiche Interface; führen ihre Kommandos auf die gleiche Art ins Blaue hinein aus.

Nina bringt nicht mehr zu Ende, was sie widerwilligst tun wollte; zu schnell wird das Bild von ihr mit Besen auf Müllberg geteilt, geliked - *ich seh aus wie Scheiße / was schreiben die alle* - lässt alles außer Smartphone fallen, „OK. Das verzeih ich dir nicht - ich ruf Mama an!"
Ja, heul nur.
Sergej und Hänger kommen am Büro vorbei.
„Halt, Leute. Sorry, den macht ihr noch."
„Der Sheriff hängt die Hörner ab – *die habe ich dir geschenkt* – ", Hänger geht den losen Lieferschein durch, das offenen Video des Elternabends im Augenwinkel, „ziemlich weit draußen", kopfschüttelnd, „du siehst dir die Scheiße auch noch an? Kein Durchschlag?"
„Für den nicht. Einladen, einäschern."
Feierabend.

Irgendwann ist die Sammlung vollständig.

Im sanften Schein seiner Kontrollleuchte erstellt der Druckers Ebene um Ebene ein weiteres Miniaturebenbild Marias, vielschichtig wie sie selbst und ihre übrigen Ebenbilder, die dem Staubbot aus Designervitrine herabblickend dabei zusehen, wie er unerwünschte Spuren beseitigt.

Maria nimmt den eingehenden Anruf ihrer Tochter an und öffnet den Kühlschrank. Nina fordert sie schluchzend auf, auf ihr Profil zu gehen, „schau, was dein blöder Freund gemacht hat!"

So eine süße, grummelnde Müllhexe, mit ihrem Besen – Wie Bilder täuschen können; diesmal müssen sie ihr böse bleiben.

„Super, Bienchen – sehr fleißig, weiter so."

„Ich hasse euch beide!" - „Heb dir davon für deine eigenen Kinder auf. Du, ich bin mir sicher, wir haben Prosecco gekauft." - „In der Gefriertruhe."

In der Gefriertruhe, „Schatzilein, eine logische Sekunde: Kohlensäure dehnt sich aus und lässt die schöne Flasche platzen; wir haben sie nur wegen den Ornamenten gekauft."

Sie hat es satt, tief in den Keller zu steigen.

Die Tiefkühltruhe steht zentral an der Wand eines ordentlichen, auf Nutzbarkeit ausgerichteten Stau- und Abstellraums. Maria nimmt zwei bereits gefrorene Flaschen Prosecco aus der Truhe, stellt sie sachte wie eine Sanduhr darauf ab und geht wieder nach oben.

Knacksend nachgebend streichelt die satte, tiefhängende Pracht der randsäumenden Bäume wie zur Begrüßung über die Außenverkleidung.

Der Splitterkies der Abzweigung mündet weit in ein abgeschottetes Areal, wo von Verwahrlagern wie diesen erwartet wird, funktionalen Mengenstrom ausgleichend unterbrechend stabil zu halten.

Das sperrige Eisentor knallt über ausgemergelten Asphalt schleifend hinter ihnen zu.

Der Geruch verdeutlicht die Unmöglichkeit einer Rücknahme und kann nicht von den mit viel Rot gebrauchten Malerutensilien stammen, die daran ungereinigt anlehnen. Dem Nutzungsgrad nach war kürzlich jemand hier – und sonst lange niemand.

Hänger und Sergej stehen in schummriger Flachhalle vor ein paar Plastikfässern - einen Deckel bereits geöffnet - atmen in die Armbeuge und betrachten die von undefinierbaren Abfällen durchzogene Schlacke. Bei nächster Gelegenheit wird er Sergej anhalten, ranzufahren, um eine Wiese für ein zwanzigminütiges Nickerchen aufzusuchen; *das ganze Geheimnis, ausgeglichen durch den Tag zu kommen.*

„So eine verdammte Sauerei. Wie zum Teufel sollen wir das transportieren."

Auch ohne fehlende Etikettierung, die eine Unterschiedlichkeit der Lagerklassen erkennen lässt, ist spätestens dann klar, dass nicht zusammengehört, was zusammensteht, als sein tropfender Schweiß zischend auf dem Pulver unter einem weiteren angehobenen Deckel rauchabsondernd verdampft.

Sergej tritt einen Schritt zurück.

Hänger sieht sich um - wenn die Bestände hier Puffer einer Bedarfsplanung sein sollten, *dann gute Nacht* - winkt ab, „den Shit lassen wir stehen", und geht. „Ohne Chemiker: nicht unser Problem."

Sergej, mit Blick auf den kleinen, vom Schweiß gebildeten Krater im Pulver überlegend, ob er sich trauen soll, würde den Trick gern nochmal sehen und folgt ihm noch nicht gleich.

Er stößt am Fass an, als er es mit dem Deckel schließen will. Aus dem absackenden Pulver steigt etwas auf, von dem er noch lange überlegen wird, es auch wirklich gesehen zu haben.

„Frei von Retusche, entscheiden manche Bilder, die uns unsere eigenen Unzulänglichkeiten vor Augen halten, selbst, ob sie vergessen werden."

Die Schwelle, die auf der steten Suche nach Schaden, den man verantworten kann, Fluchtreaktionen auslöst, rückt näher.

Mit diesem Duft könnte ihr alles passieren.

Dr. Allbach, die dem Klienten durch ein kurzes Schweigen die Möglichkeit gibt, seine Situation zu schildern, bat um Rückmeldung, ob die neuen Ansätze anschlagen.

Kommt darauf an, was unter *Anschlag* zu verstehen ist. *Bei aller mangelnder Verständigung:* bis hier her gekommen zu sein, mehr als nur mehr Träger eines Symptoms, sollte als Beleg für sein Bemühen genügen; *aber es war alles seins, wo nichts mehr ist.*

Im Ebenmaß ihrer Schönheit die Tatwaffe ihres eigenen Mörders erkennen können, macht die Kluge zu schön für das, was sie tut, aber daran, unwissend einen Weg eingeschlagen, der hoffentlich bald wieder mehrspurig wird, hat der gute Klient noch gar nicht gedacht.

„Aha. Wissen sie: ich kann von Glück reden, dass das noch nicht einmal die Hälfte war, von dem die Anderen wissen. Es war im Dienst und dabei bleibt es. Der Rest liegt an ihnen."

Nicht frei von Skepsis, fügen sich ihrem Ausdruck nach die Puzzlestücke allmählich zusammen.

Der Klient, erleichtert, all das endlich jemanden gesagt zu haben, sinkt befreit in seinen viel zu bequemen Sessel; nur um gleich wieder vorsichtig, aber angespannt auf harter Kante Haltung anzunehmen. Ihr zu gutes Aussehen macht ebenso verdächtig, wie ihn sein unrundes Hin und Her, um sich der Blendung ihrer strahlenden Pracht nicht ununterbrochen ausgesetzt zu fühlen.

„Konnten Sie schon mit Ihrer Familie sprechen?"

Muss sie mir so nahekommen; auf Suche einer beziehungsfördernden Nähe weiter zueinander entfernt, als es die Psychosomatik seiner brennenden Handgelenke vermuten lässt, setzt der Klient mittels Akzente voller Reserviertheit Maßnahmen, die unbewusst für richtig gehaltene Distanz zu wahren.

„Um fair zu bleiben, nein."

Selbst wenn vorbereiteter Text aus der Rolle fallend vergessen wird, bleibt Körpersprache Dialogbestandteil. Seine Schulter kann er vergessen, aber für den Rest besteht Hoffnung.

Seitlich parallel gekreuzt, verlängert sie Kompetenz demonstrierend ihre angespannte, bis über die Knie lederbestiefelte Beinlinie, alle Codes durchlaufend, die bei anderer ihrer männlichen Kollegen imposant und anmaßend wirken würde.

Über ihre makellose Haut laufen keine Ameisen. Wenn man sich vorlehnt, macht man das nicht nur mit dem Körper.

Sein Schulterstahl wiegt was.

„Das Sie in diesem Zusammenhang von Fairness sprechen, ist interessant."

Der Klient kommt von weit her; weit hergeholt und weitergegangen, wo die Psychologin nicht so weit gehen würde, anzuhalten, alles Vertrauen in die Waagschale zu legen, die dem Verständnis vorbehalten ist.

Verstehen und Verständnis machen zum Fummeln gern das Licht aus.

Von der makellosen Seelenfängerin unter Wert gehandelt; den Ausgang suchend die beneiden, die sich den eigenen Körper verkaufend einer offenen Tür begnügen, bleibt man von der Entscheidung frei, wann man wo mit wem das Vergnügen hat.

Auch wenn man es nicht mehr für Geld tun muss, bleibt eben ein Preis zu begleichen.

Weit genug ausgeholt, um die Draufsicht genießen zu können, bauen die Eigenarten seiner inneren Verfassung die Asymmetrie ihrer Interaktion bei dem Versuch, keine Spuren zu hinterlassen, weiter aus und erweisen diese als schwer, offene Arme voller Verständnis vorzufinden.

Beschränkt, aber methodisch sind die gefährlichsten Exemplare.

Die Gefährdung, die dadurch im Normalem liegt, aus genau der sie doch ihren Ursprung speist, bleibt beispielhaft selbst eine Waffe, gegen die sich seine Natur noch immer richtet.

Auch wenn alles an ihr andere Signale sendet, schenkt sie ihrer Expertenrolle nicht zu viel Bedeutung. Das übernehmen andere *und er wird sicher nicht dazugehören.*

Nicht alle bewegen sich soweit, neuen Varianten den Raum zu schaffen, der nichts mehr dazwischen hat, was verstaut eingesehen werden kann.

Eben noch tatenfroh den Riemen fest im Griff, den Ausblick über den kargen Gebirgskamm genießend, mit Schirm bereit zum Absprung, dringt ein leises Pfeifen nähernd und deutlicher werdend in die atemberaubende Aussicht; *was ist das, hör nur ich das* - näher - *hört ihr das auch* - noch näher – bekommt man zerfetzt brennend im Kern der Detonation noch zu hören, *es waren nur einfache Leute*. Nach der Tat schluckt vor der Tat.

*Je weniger sie wissen, desto besse*r.

Erst ab einem bestimmten Punkt spricht alles für sich selbst. Noch lange darauf wartend, bestellt die Farbe seines Sessels vorsorglich einen Drink.

Für einen gemeinsamen Privatabend könnte er ein Genick ihrer Wahl umdrehen - da Teil seiner Formung und eben nicht einer schmeichelhaften Bereitschaft um ihre Person.

So nah wird er ihr nicht kommen.

Frauen ihres Kalibers stellen einzig mit der Frage kalt, ob er seinen Wutanfall genossen habe; begleichen die Rechnung selbst und gehen den Kellner nageln lassen.

Noch scheut der Zocker das Schachern.

Angesichts ihrer knalligen Sammlung visualisierter Auswüchse - *wie dieses Ding auf ihrem Tisch* – bleiben ihre Behauptungen glaubwürdig. Saugender Wind wickelt die Konturen des gekippten Fensters mit dem Vorhang ein und verbildlicht seinen ungenügenden Bezug auf ihr System, *aber es geht ja gerade erst los*.

Ein gekipptes Fenster ist ein offenes Fenster.

„Da ist kein Weg zurück. Wenn man etwas gefunden hat, was in den Arm direkt aus der Brust geht, bleibt man dabei."

Die Doktorin sieht seinem stolzen Grinsen an, dass ihm das eben gerade eingefallen ist.

„Nichts heilt, anderen zu schaden."

Sie hat ein Stück aufgehoben. *Nur für ihn.*

Nur das Falsche.

Unsere Trophäen spiegeln uns.

Der Klient keilt die leer ausgegangenen Finger ineinander. *Sie wird es nicht zurücknehmen.*

„Erster Tipp bei eröffnetem Feuer, Fr. Doktor."

Dr. Allbach notiert, *könnte aber auch nur so tun* und gibt seiner aufkommenden Ungeduld mit wendiger Handgeste das Zeichen, fortzufahren.

„Einfach abwarten, wie die Dinge sich entwickeln, könnte passen, aber sie passen einen ab."

Offensichtlich finden sich zu spät Träger, die für die Freiwildmarkierenden Ordnerwesten noch zu erwärmen sind.

Wer König; der einnehmbare Burg.

Aufstöbern nicht Chefsache, wo Netzjagd bahnbricht.

„Was für Zeug schreiben sie da eigentlich? Darf man das zur Abwechslung sehen?"

Die Spionin zwischen zwei Fronten deckt die Karten auf; eine hübsche Kritzelei von etwas, was überhaupt nichts mit dem Thema zu tun hat, aber seine Vorstellung, *du fühlst nichts bei all dem*, trotz Kälte galant zur Tür hinaus bittet.

Größe – Anzahl - *Woodland, weiß* - als Geschenk verpacken; so der dafür unvorteilhafte Untergrund, „sie bestellen – ", will er was sagen; aber guter Geschmack lässt eben links liegen.

Nach all der Zeit immer noch seinen Platz aus dem Rätsel heraussuchend, setzt sich der Klient um, „ich setz mich um, ja – ", näher an den Lichtschalter des Notausgangs, *würde ihm so passen,* „nun, verraten sie mir ihre Schlussfolgerungen?"

„Die einfachste Erklärung - und die suchen wir nicht - ist wohl die, dass Sie der Angst vorbeugen, Zeuge zu werden, um/oder zu vergessen, wofür Sie eingetreten sind. Aber ein Trauma bietet auch Schutz als Flucht, anhaltenden Erinnerungen neuer Lebendigkeit auszusetzen."

Einmal die Umgebung nicht gesichert, hat auf Augenhöhe ertappter Widerwillen unten durch nur einen Versuch, Behauptungen ins Blaue aufzustellen.

„Woher wollen sie das wissen?"

Weil sie es bei einem wie ihm - der sich von Vornherein für das Brennen entschuldigt, nur steril hineingehen zu können - so machen würde.

„Enorm psychosomatischer Druck, der sich nur noch unter extremen Bedingungen zur Emotion befähigt fühlt, hat die Mulde geformt, auf der Sie sitzen. Sitzen Sie bequem und wetten Sie mit ruhigen Gewissen, wie es ausgeht." - „Hab ich gemacht. Aber wenn man nicht weiß, was man tut, tut man es besser schnell - darum bin ich hier."

Alles in einen Bach kippend, im Fokus dieser Frau, von der seine Einstufung abhängt, stellt er sich endlich an, die neuen Perzepte explizit anzuwenden und schildert, heimgekommen immer noch Sand darin zu finden.

„Ich bin ganz und gar unmöglich", beginnt er seine von sich selbst enttäuschte Rechtfertigung, zwar erzählt zu haben, wie es auf den Höhen war, Grenzen zu sichern, die nicht ihre sind, „wenn du eine hast, gewinnst du jedes Argument", sie - mit Blick aus dem Fenster auf die zum Sturm bereiten, wehenden Planen - im Hinterhalt halt benutzt, „du bekommst immer deinen Willen"; der kleinen Schwester aber nie gezeigt hat, wo er sein beiläufig gereinigtes Equipment aufbewahrt.

Eine Armlänge weit - dreh dich um.

„Das entfernt minderjährige Neugier nicht aus dem Haus", rügt sie ihren Klienten am Gestell knabbernd für seinen ehrlich nur gutgemeinten Ratschlag des großen Bruders, zu wissen, wie sie auseinander- und wieder zusammengebaut wird, gehöre zu den Dingen im Leben, die man beherrschen sollte.

Dass kommt davon, alle schlimmen Bilder abzuhängen, um die Kids stattdessen mit Waffen hantieren zu lassen.

Das kann er doch besser.

Was zurückgelassen dortbleiben sollte, trifft nachgekommen auf Überholtes.

Seine beobachterabhängige Urteilsverzerrung hängt schwer im Schleier einer Romantik, durch den ihm die Tragweite des Ganzen lapidar erschien und leichtfertig die Linie überschreiten lässt, welche die Ehrensache markiert, an der man besser einhält.

Der folgende Termin der Doktorin ertappt ihn fassungslos, wie er dem twitternden Monster die Waffe unters Bett reicht, *was zum Teufel machst du da!?* Ist doch alles nicht so schlimm. So etwas kommt jeden Tag vor – *doch nicht bei uns!*

Der Klient hat wieder einen Fehler gemacht.

Das zieht sich bei ihm durch und scheint sein Ding zu sein, „fertig am Arsch"; doch die Doktorin erinnert ihn frei von Nachsicht daran, in Anwesenheit einer Frau bitte schön zu sprechen.

Das Setting sei doch zwanglos, um einen *Soll-* auf den *Ist*-Zustand zu regulieren.

Mit ihm ist sie noch lange nicht fertig.

„Ansichten von hinten kann Irrtum ein Gesicht geben; aber nein, davon hat er nichts erwähnt. Es gab auch keine Andeutungen - womit ich Ihnen schon zu viel gesagt habe."

Es spricht sich schon rum.

Eine andere Klientin nach ihm nimmt genussvoll den Duft der Frau Doktor, der nicht abzuflauen scheint, auf. Sie hofft, gesagt zu bekommen, was sie tun soll. Angesichts seiner Rückkehr, *hat sie je mehr erlaubt, für ihn und sich zu wünschen,* bedauert sie die Trauer über seinen Fortgang, auf der das unrühmliche Gewicht von dem lastet, was *ihr Sohn* mitgebracht hat.

Das Haar in beachtlicher Manier hochgesteckt, nimmt Dr. Allbach die Brille ab, reibt ihre angestrengten Augen, atmet tief durch und rekapituliert die Sitzungen mit dem Klienten zuvor.

„Eingeständnis setzt Dissonanz voraus – ", setzt sie an, ihre mit Tränen ringende Klientin aus der Herbe der Enttäuschung, für die sie nichts kann, holen zu wollen; aber wunde Rötungen, sich vergebens das haftende Blut an den Händen ihres Sohnes abzuschrubben, kommen nässelnd und unversorgt zum Vorschein, „da müssen wir sofort was machen. Kommen Sie mit."

Ihre gesammelte Mannschaft ein Mann; eilt die Empfangsdame der Doktorin auf halbem Weg entgegen, führt die Klientin ins Labor, achtet darauf, ihre Schulter nicht den frischen Rotanstrich streifen zu lassen und hat alles im Griff.

Gehen sie nur. Machen sie weiter.
Noch hat sie Sprit im Tank.

Auf dem Weg hierher lag ein Baum schräg auf der Straße, kontrastierte die Schönheit der Landschaft und musste schließlich, stets den Weg des geringsten Widerstands nehmend, umfahren werden. Auch die Kaffeemaschine kann laufen; so sehr wünschte sie sich, der im Anschluss anstehende Termin bei Dr. Allbach würde nicht lange dauern

Heckenbüsche, die den Weg zum Haus entlang säumen, wippen sachte hin und her; so, als würden sie einatmen – und - ausatmen. Gianna eilt, von ihrer Mutter Anna gefolgt, voraus.

Sie kommen an einem großen Einwegspiegel vorbei, der zusammen mit anderem Unrat als Sperrmüll auf dem Weg zum Haus angelehnt steht. Auf der anderen Seite des Weges steht ein Pflock inmitten von Holz, was noch gehackt werden muss. Eine Axt lehnt ungünstig und gefährlich daran. Gianna interessiert sich weder für den Spiegel noch für die Axt. Anna verlangsamt ihren Schritt und prüft sich unzufrieden.

Der Drucker druckt noch die aktuellste Figur für ihr kleines Kabinett der Selbstsucht, an dem man, in einer Vitrine aufgebahrt, nicht vorbeikommen wird, wenn man ins Badezimmer will.

Eine weitere kleine Maria, die ein Selbstportrait aufnehmend eine weitere kleine Maria fertigt, wie sie sich selbst dabei fotografiert, wie sie eine weitere kleinere Maria fertig; *das wird sie kaum noch toppen können,* wenn sie diese Figur in der Vitrine vor einem kleinen Miniaturspiegel auf die Spitze getrieben arrangieren wird.

Ab einem gewissen Punkt wird es sich noch als nützlich erweisen, nicht bei allem mitgegangen zu sein; den immerwährenden Blick auf die Parkbucht gerichtet, die man von hier aus im Sommer eh nicht sehen kann. Ohne es zu wissen, hat Maria diese Passage erreicht.

Thomas sitzt am Schreibtisch seines Heimbüros, telefoniert mit dem bösen Wolf und geht Post durch. Er öffnet Rechnungen, überfliegt sie kurz und übergibt sie anschließend dem Aktenvernichter. „Ja, ist erledigt. Haben uns darum gekümmert. Verlieren wir kein Wort mehr darüber."

An der Haustür läutet es. Maria ruft aus einem anderen Zimmer des Hauses nach ihm, der gemächlich die letzten Rechnungen schreddert.

„Kannst du bitte aufmachen?" - „Ich brauch noch fünf Minuten."

Maria geht zur Haustür. Nina kommt hurtig die Treppe runter geeilt, „endlich, sie ist da!"

„Halt, halt, halt, Madame! Hier wird nicht gerannt." Nina ist das herzlich egal, springt zur Haustür und öffnet Anna und Gianna.

Maria schließt gerade zu ihr auf, als Nina die Tür aufreißt, „Gianna-Banana! Komm mit, ich zeig Dir alles." Nina reißt Gianna von Anna weg.

„Ach, schon auf Instagram gesehen."

Beide rennen durch den Flur zur Terrassentür.

Maria kommt mit zwei Paar Filzpantoffeln in der Hand um die Ecke gebogen, „halt, halt, halt! Nina, was hab ich eben gesagt? Hier Gianna, du weißt, welche Musik spielt: bitte anziehen."

Maria reicht ihr ein Paar Filzpantoffeln und bietet Anna das andere Paar an, während Gianna geschwind in die etwas gewöhnungsbedürftigen Hausschuhe schlüpft und mit Nina ein Rennen zur Terrassentür aufnimmt.

„Wer zuerst an der Tür ist!"

„Meine Tür ist aus Feuer! Wow, warte: # - "

Mit dem Smartphone in der Hand läuft es sich schnell gegen so ziemlich jede Art von Widerstand und der mittig senkrecht gekittete Riss auf der konkaven Standvase, gegen die Gianna twitternd knallt, wird jeden, der die nächsten Jahre daran vorbeikommt, an diese verfluchte Nacht erinnern.

Der Staubbot kommt gemächlich fegend um die Ecke gebogen, umkreist einen stummen Diener und kümmert sich um die Scherben.

„Hey du, komm rein." - „Das ist lieb, aber ich muss nach meinen anderen sieben Kindern sehen. Danke, dass wir Richys Willkommensparty bei euch machen; trotzdem." - „Na, wir haben der Familie eben den Platz dafür. Tom hat am Nachmittag schon das Zelt aufgebaut. Und wenn die Beiden Angst haben sollten, können sie natürlich in Ninas Zimmer schlafen." - „Danke. Eine Frage hätte ich noch, ohne dich aufhalten zu wollen."

„Ach was; ich koche nur gerade für die 3. Kompanie - " - „Bitte keine Soldatenwitze, wenn Richy hier ist, ja? Ich versuch natürlich noch, meine Schwester zu fragen, ob das in Ordnung ist."

„Fang nicht wieder so an, Anna! Es passt. Die Mädels haben doch ihren Spaß zusammen und wir freuen uns alle, dass Richy wieder da ist. Und dann gibt es großes Willkommen-Essen für den Krieger. Da würde es sich doch anbieten, wenn ihr Gianna danach mitnehmt, oder?"

„Ja. Sicher. Aber bitte hör mit dem Militär auf. Es ist auch so schon nicht leicht."

Im Recht zu sein, hindert nicht daran, mit einem Blick von oben herab bedacht zu werden.

„Und Gianna war Klassenbeste bei der Klausur, wie ich hörte?" - „Ja. War sie. Sie hat Glück mit dem gehabt, was sie gelernt hat." - „Tja, das können nicht alle behaupten." - „Nina wird bestimmt durchkommen. Gianna hat mir versprochen, ihr dabei zu helfen."

Maria bemüht sich, ein dankbares Lächeln hervorzuholen. „Aber ich finde es nicht gut, wenn du Gianna solche knappen Klamotten durchgehen lässt. Ist es nicht etwas früh dafür?", sagt das genau die Richtige.

Thomas beobachtet lauernd durch das Bürofenster die beiden Mädchen, wie sie lachend und kreischend durch den Garten zum Zelt rennen; am Rand der Sichtgrenze das überfüllte Camp der Gestrandeten, die niemand hier haben will.

Ihre Silhouette bewegt sich auf dunkler Wiese einen Hauch schneller durch den einzelnen Türrahmen, als das Feuer an einer Lunte von beiden Seiten darauf zueilt und ihn in dem Moment in Flammen setzt, als Gianna durchgegangen ist und die Tür sich hinter ihr Feuerfangend schließt.

Durch das letzte Dämmerlicht des Tages dröhnt lautes Gebläse aus der offenen, hellerleuchteten Garage. Sämtliche Türen und der Kofferraum des Toyotas sind geöffnet. Fast Food-Verpackungen, leere Flaschen und anderer Unrat wird aus dem Auto geschleudert, durch das sich Anna umständlich mit dem Staubsauger robbt.

Richard kommt, an seinem ersten freien Abend nach seinem längsten Einsatz ausgehbereit in die Garage, verwundert und leicht genervt, seine Mutter - und sein Auto - so vorzufinden.

Anna kann ihn nicht hören und bemerkt nichts.
„Mum? MUM!"
Geräusche von röhrenden Staubsaugern bereiten ihm mittlerweile Schwierigkeiten.
Es ist zwecklos; sie kann ihn nicht hören.
Kurzentschlossen zieht er ihr den Stecker.

Anna, kopfüber in den Fahrer-Fußraum gebeugt, stößt sich den Kopf am Lenkrad, als sie protestierend hochfährt, „he, welcher Dieb von Bagdad klaut meinen Saft?" - „Mum, du sollst das doch nicht machen." - „Wieso, hast du was zu verbergen? In deinem Auto sieht es aus wie bei deinem Vater in der Arbeit. Ich kann meinen Sohn doch nicht in einem solchen Saustall durch die Gegend fahren lassen."

Richard sieht seiner Mutter an, dass sie den letzten Satz aufrichtig gemeint hat und es keine ihrer sonst so üblichen Sticheleien war.

„Das ist lieb von dir."

„Hast du dir überlegt, wieder bei deinem Onkel anzufangen?" - „Nicht, wenn die Doktorin die Einstufung vornimmt, die mir zusteht."

Anna bricht die zertrümmerte Schulter ihres Sohnes noch immer das Herz; doch ihre Generation kennt keine Jugend, die so früh zu alt für alles ist, was da noch kommen mag.

„Komm, warum fragen wir nicht Thomas - "

„Nein, Mum. Ich erkläre es dir gern nochmal, warum nicht, aber nicht jetzt."

„Dein Vater hat ja auch kein Problem damit."

Seine Mutter ist von den großen Themen nicht abzubringen. „Wohin willst du so spät noch?"

„Es gibt da jemand. Wir kennen uns noch nicht lange." - „Wann lerne ich die Gute denn kennen? Ich will schon wissen, mit wem sich mein Sohn da trifft." - „An mir soll es nicht liegen."

Einen kurzen Augenblick ist es wieder wie früher. „Du hast bestimmt ein Foto von ihr. Ich lass dich erst fahren, wenn du sie mir gezeigt hast."

Richard hindert Anna nicht daran, ihm seelenruhig Geld und Autoschlüssel abzunehmen.

Auch ohne die Regeln zu kennen, spielt sich das gleiche Spiel wieder und wieder; *einwandfrei.*

Richard lenkt ein, da er weiß, dass alles andere aussichtslos wäre, hier bald wegzukommen. Er zieht sein Smartphone heraus, ruft ein sehr unvorteilhaft, albernes Foto von Viola auf, wie sie entstehen, wenn die zu fotografierende Person sich der Ablichtung entzieht und hält es Anna hin, die mit verschränkten Armen gekünstelt streng darauf wartet. „Hab leider kein anderes von ihr, hier."

„Oh. Ja, die ist bestimmt lustig. Mit der wünsche ich dir viel Spaß. Bring sie doch mit."

Annas Stimmung kippt plötzlich um, als sie den Müll aus Richards Auto auf dem Boden liegen sieht; viel zu schlagartig und direkt, als dass Richard den Nervenzusammenbruch seiner Mutter gleich als einen solchen erkennen könnte.

„Sieh mal, was ich alles aus deinem Auto gezogen habe. Weißt du, vielleicht würde ich auch gern Burger und Pommes und Bier zu Musik unter Sternenhimmel futtern, aber ich werde ja nicht gefragt. Und warum, um Himmels willen, wächst Rasen auf deinem Rücksitz?!"

Richard lässt eine lange Geschichte verkürzend aus dem Mundwinkel zischen: verdonnertes Resultat eines Brandbeschleunigers, will ihr nichts von ständiger Pflege guter Vorsätze erzählen, dass kein Gras über sie wachsen kann und all das, *aber es reicht auch schon so.*

„Also sehe ich mir an, was sich euer Vater im Fernsehen ansieht und sehe dabei zu, wie Gianna mir über den Kopf wächst. Jeden einzelnen Tag."

Richard, der um die Unmöglichkeit einer sachlichen Diskussion mit Anna weiß, wenn dieses Thema – *Gianna und das Ticken der Bombe* - zur Sprache gebracht wird, beobachtet sie dabei, wie sie sich vergeblich nach einer Dose Lösungsmittel streckt, welche ganz oben auf dem Regal steht.

Zu weit auseinander Licht gesehen, um ihm lange genug gemeinsam folgen zu können, leuchtet Verhältnis und Umgang miteinander nicht bis in die letzten Winkel aus, in denen aufeinander achtgegeben werden kann.

Er liebt sie, sicher, *muss*, aber es ist auch nicht er, der sich auf das Spiel seiner Schwester einlassen darf, *keinen Meter*. Richard geht ihr zur Hand und reicht Anna das Lösungsmittel, die plötzlich zu weinen beginnt.

Wenn er nicht gerade nach etwas oberhalb seiner Reichweite zu greifen hat, darf man ihm das namenlose Grauen nicht nochmals fassbar machen.

In solchen Momenten, *und nur in solchen,* wird das Anna wieder bewusst.

„Verstehst du nicht: ich weiß nicht, was ich machen soll! Ich kann nicht glauben, dass das alles war. Ich bin so allein, verstehst du - einfach so allein!" - „Komm mal her, Mum. Du bist nicht allein."

Richard nimmt ihr das Lösungsmittel ab und nimmt seine Mutter in den Arm.

Anna, von der ungewohnten Geste ihres Sohnes überwältigt, atmet einmal tief und überlegt durch; spürt an seine Schulter gelehnt deren Deformation, ehe sie ihren Tränen freien Lauf lässt, fasst vergessen zu haben, wie er sich anfühlt.

„Was soll ich bloß ohne euch tun? Was, wenn du nicht mehr zurückgekommen wärst!? *Schwarz*, wenn ich daran denke. Ohne euch komme ich nicht mal an das blöde Zeug im Regal."

Richard löst seine schmerzende Umarmung, sieht seine Mutter eindringlich an und hält ihr gönnerhaft die ohnehin geöffnete Autotür auf.

„Komm, steig ein. Lass uns durch die Gegend fahren."

Die Reflexion der Fahrbahnmarkierungen rauscht am Fenster vorbei, aus dem Anna ihren schwerer werdenden Blick auf die vorbeiziehende, nächtliche Straße schweifen lässt; vorbei an den Lagern voll vorbeugender Befreiter, die ihm bis in den Vorgarten gefolgt sind, in dem seine Mutter in ihrer spärlichen Freizeit auch noch für sie kocht.

Weil es sich so gehört.

Er zu ihnen, sie zu ihm – engster Raum voller Neuer, *bis einer weint*.

Richard lächelt seine Mum sanft an und folgt angespannt dem Straßenverlauf.

Annas Augen werden schwerer. Sie versucht noch halbherzig gegen die Schläfrigkeit anzugehen. Wie eine transparente Maske ohne Öffnung für die Atemwege umgibt sie schweres Parfum und drückt sich auf Annas Gesicht, wird von ihr angesaugt und schnürt ihr die Luftzufuhr ab.

Anna schreckt von Panik gepackt aus dem Autositz hoch und greift unbändig nach dem Lenkrad. Bremsen quietschen auf.

Die Bremsen klingen ab und gehen nahtlos in variierendes Sägeverhalten einer Kreissäge über, die von draußen bis in die Praxis dringt.
„Ich hoffe, das stört Sie nicht."
„Nein, gar nicht. Ich habe ihre - naja, was ist dieses Ding auf ihrem Schreibtisch – Vase, Gefäß oder ein Würfel vielleicht, bewundert. Das ist ein unglaublicher Zufall: mein Mann hat mir neulich das Gleiche geschenkt."
Die Doktorin dreht sich, eine Haarsträhne hinters Ohr klemmend um, „der Briefbeschwerer? Wie kommen Sie auf einen Würfel? Wo sehen Sie Kanten daran? Und die Panik kommt nur mit Ihrem Sohn?" - „Ja." - „Was glauben Sie, warum das so ist?" - „Ich habe Angst, aufzuwachen. Mit jedem Aufwachen wird mein Leben weniger, dem es scheinbar egal ist, wie sehr ich mich reinhänge."
Stets einen schleichenden Schritt hinter dem freien Fall vor ihr, geht sie Verständnis suchen.
„Die Natur des Spiels nimmt den vollen Einsatz. Doch wenn man sich seiner Angst stellt, revidiert das auch andere Blickfelder."

Ein Einschnitt lässt sich nicht deckungsgleich nachstellen. Resultate inneren Überanspruchs übertragen ihre Ballistik, wie ihre Fakten nach Prozedur streben.

Sie sieht ihr an, wie sich der Ausdruck ihrer abgespannten Augen an der Vertikalen des Lamellenvorhangs entlang innerlich weitet und vergebens nichts mehr auf den Punkt zu bringen vermag, der ihr in einem anderen Moment, unter anderer Rhythmik, in einem anderen Raum doch genauso arrangiert Auslöser der Auswirkungen war.

„So sehr ich es auch versuche, Frau Doktor, ich verstehe nicht, was sie mir sagen wollen."

Indisch Sandelholz verwurzelt sich von den Handgelenken der Allbach strömend in der Luft zwischen ihnen, die nun erst recht aufhört, dünner zu werden. Die Doktorin wird nach ihrem Duft gefragt, von der *Frau* weiß, dass sie ihn verdient; eine Marke von Weltruhm, die der Klientin zwar nichts sagt, doch der Psychologin - *die dieser Schauspielerin aus Wien zum ins Fleisch schneiden ähnlich sieht* - eine Möglichkeit eröffnet, die in diesem Fach selbst Freud vorbehalten blieb:

„Erinnern Sie mich daran, Ihnen den Link dafür zu schicken", klopft der kritisch irrende Siggi Sisi mit Faust begeistert anerkennend (aber unterbewusst) auf die unterschätze Schulter.

„Bitte, Sie können sich wieder setzen. Eine Angst zeigt uns häufig, dass wir an etwas Wichtigem dran sind."

Dr. Allbach nimmt wieder hinter ihrem Schreibtisch Platz, die Klientin an der Distanzgrenze der L-Formanordnung auf der Couch neben ihr, die aufgelegte Handfläche noch warm.

„Wir müssen nur allmählich zu einer Lösung gelangen. So kann das ja nicht ewig weitergehen. Helfen Sie mir, Ihnen zu helfen."

Dr. Allbach sieht etwas in ihren Aufzeichnungen nach. Die Nervosität der Klientin will nicht abklingen, reicht aber zu einer Antwort aus, welche die Therapeutin für einen Moment verstummt überlegen lässt.

„Das ist interessant: Sie schildern Diskrepanzen als Ab- und eben nicht als Ausgrenzung. Was glauben Sie, wovon?"

„Mein Kind ist unheimlich geworden."

„Ihr Frontheimkehrer?"

„Gianna."

Dr. Allbach – kein Zahnarzt - zieht die Braue hoch, die Brille ab, Stiftbohrer beiseite und beugt sich ihrer Klientin entgegen, „na, dann bitte jetzt den Mund schön weit aufmachen."

In Unschärfe gezogene Menschen bringen sich vor dem beginnenden Wetterleuchten in Sicherheit. Maria, Thomas, Anna und Hänger eilen in Begleitung ihrer Töchter zum Elternabend mit Kuchen und Salat bewaffnet in die Aula, die einen Abend für die Eltern lang spärlich mit Palmen in rollbaren Blumentöpfen ausstaffiert wurde.

Das Aufgetragene cremt die eigenen Lippen bei Küsschen auf Nachaußen-Gesichter ölig ein, die im Geschmack unterschiedlich keine Seltenheit bleiben. Marias Engagement scheint aus dem Automaten gezogen; was von dem einzigen Fernsehstar, der ein bisschen mit der Familie unterwegs ist, gewiss nicht anders erwartet wird.

Die Kinder der Quantenphysiker haben keine Eltern, die an einem solchen Abend Zeit brauchen. Die Töchter machen sich daran, ihre Eltern stehen zu lassen. Seinem Charisma bewusst, birgt Karma Antrieb entgegen kluger Entscheidungen oft unzureichend ab, aber eine ihrer schönsten Launen der Welt ist eine lautzarte Angelegenheit, „der Farn steht völlig falsch. Also mein Designer hätte das anders gemacht"; zeigt fremdbestimmte Sprache eben zuerst, was bei jenen klemmt, die andere nur zu machen lassen brauchen. Ein halb vollverschleiertes Mädchen umrundet die aufgereihten Kuchen und Häppchen ununterbrochen.

Die gravide Eva kommt von den Toiletten und begrüßt Anna und Maria.

Hänger, mit dem knappen Stoff seines ungewohnten Jacketts hadernd, sieht sie schon von weitem - nicht sonderlich erpicht darauf, einer Schwangeren so unmittelbar nach dem Toilettengang die Hand zu schütteln.

Autonom bleibt, wer frühzeitig über neu geschaffene Probleme nachdenkt.

„Anna, Hi! Und ihren stattlichen Gatten hat sie auch mitgebracht!"

Anstatt ihr die Hand zu geben, greift Hänger nach einem Gebäckstück, taucht es grob in Sahne, beißt ab, legt es mit verschmierten Fingern zurück und zeigt entschuldigend seine Hand, während er mit der anderen Hand den Teller anbietet.

„Häppchen gefällig?"

Das Mädchen umrundet die aufgereihten Kuchen und knapper werdenden Gebäckstücke noch immer ununterbrochen. Thomas hat seine liebe Mühe, seinen Blick von ihr zu nehmen.

Für die Guten muss man sich beeilen.
Wer sie hat, darf frech werden.

„Natürlich nicht. Die sind für später."

Hänger hält es kaum aus und deutet mit fragendem Blick an Eva, „ihre Tochter?" - „Sie ist etwas nervös, weil bald ihr kleiner Bruder kommt."

Eva übergeht Hängers Kommentar, „ja, du kannst nur dagegen angehen, wenn du dir so viele Hunde und Katzen wie möglich zulegst – oder sie eben einpackst", streichelt sich liebevoll über den Bauch und wendet sich an Anna, die sich nach Evas Operation erkundigt.

Evas Mann Wolf gesellt sich zu der kleinen Gruppe, legt seiner Frau den Arm um die Hüfte und hört freudestrahlend mit.

„Du hattest eine Operation?! Ist mit dem Baby alles in Ordnung?" – „Keine Sorge, dem Baby geht es bestens. So gut, dass wir es vielleicht schon etwas früher zu uns holen lassen. Meine Figur hat schließlich auch Rechte."

Eva hebt einen Arm und präsentiert der Gruppe eine Narbe unter ihrer Achsel. Hänger ist den Grenzen seines guten Anstands nahe.

„Nein, ich habe mir die Schweißdrüsen entfernen lassen. Nach der Entnahme meines Mittelfußknochens nur konsequent – und nötig."

Hänger darf eigentlich nichts sagen, was seine Frau nicht gern hört, wenn andere horchen, aber was soll's, „du brauchst Hilfe, Eva."

Eva notiert auf ihrem Bauch als Unterlage einen Namen und Nummer, gibt danach für alle sichtbar voller Verständnis die Notiz Anna.

Maria Allbach.

„Die habe ich schon; eine ausgezeichnete Psychologin. Leg ich euch schwer ans Herz, die Frau." – „Schau mal, Andi. Ist das nicht die, zu der sie Richy geschickt haben." – „Das ist ein Segen. Wir haben schon gehört, dass er zurück ist. Sie wird ihm helfen können."

„Gut jetzt: mein Sohn braucht keine Hilfe."

Eva erwidert Hängers Blick provokant, der bereits bereut, überhaupt etwas gesagt zu haben.

Anna behält es für sich, Hoffnung zu schöpfen.

Der Wolf ist achtsam. Er hat von seinem Mann für die Beseitigung gehört, dass sein Neffe aus dem Einsatz zurück nicht mehr für ihn arbeitet. Für solche Typen, die keinen Platz mehr finden, wo vorher einer war, geht danach nichts mehr; wenn ihnen nicht ein andermal der Prozess gemacht wird, in dem sie die Sicht auf die Dinge so darlegen können, wie es ihnen untersagt wurde, es je zu tun.

Man hört ja nur, aber er nimmt den Segeln des Augenblicks ihren Wind.

„Sie ist so diszipliniert! Nur Gemüse und vegane Müsliriegel für unseren Kugelbauch. Sonst nichts. Schatz, hast du deinen Riegel heute schon weggeknuspert?" - „Nein."

Nachher wird es noch was geben.

„Er müsste in deiner Handtasche sein", lacht Wolf durch sein geschlossenes Gebiss zischend in die Runde, „ich mach ihr immer morgens einen rein." Um den roten Stern in ihrer Mitte gruppiert – *Maria, sie waren toll, neulich in der Show* – machen sie sich gemächlich – *das Zeug ist super, wir bestellen wieder* - auf den Weg durch die Anderen zu den Klassenzimmern und setzen dabei einen neuen Tratsch auf.

Ich habe das Set jedem weiterempfohlen.

Gianna und Nina unterbrechen das Mädchen, den Buffettisch zu umrunden, flüstern ihr verstohlen ins vermummte Ohr *magst du was Krasses sehen*, erkundigen sich mit einem Blick nach den Erwachsenen, die ihnen abwandernd zusehen und führen es weg.

Ein paar Jungs kommen mit.

„Wow, wollen wir Töchter tauschen?", will Eva von Anna wissen.

Dem futternden Hänger rutscht ein kurzer Lacher aus seiner schmatzenden Luke mit Beilage, von der auch Marias Kleid was hat, die mit ihren Gedanken woanders zu sein scheint.

Die Kinder sammeln sich in der Enge eines abgelegenen Gangs.

„Danke, Andi – sehr lecker. Sie können ja nichts dafür. Kids haben es in unseren Zeiten schwer genug, sich durchzusetzen."

An diesem Abend endlich mal Zeit dafür, fallen den Mädels die Bilder an den Wänden des Schulflurs und all die anderen Sachen, die sie ansonsten frei von Aufsicht schwer stehen lassen könnten, nicht auf.

Lieber nehmen sie sich die Brüder vor.

Nina, die so sicher wie möglich auf die eigenen Kosten kommt - *dafür weiß sie zu sorgen* - zieht vor den Augen anderer ein kleines Quadrat nach eindeutigem Griff genüsslich aus ihrem Höschen hervor und entfaltet den sichtlich feuchten Schein.

Smartphones zücken. Auf der Rückseite noch Platz, empfangen Gläubige nun direkt vom Kreuz.
Die Liveübertragung startet.
„Wer mag sich den verdienen?"
Verliebte sind die vorzüglichsten Sklaven, aber von diesem Schein scheint Unbezahlbares leistbar. Da darf bei einem sichtbar Harten auch gelacht werden, „du - prima."
Evas Tochter zieht ihr Smartphone hervor, als wäre es das letzte Stückchen Sicherheit gegen die sich gegen sie zusammenballenden Kinder.
Darauf gefasst, reißt Gianna es ihr aus der Hand, bevor sie verstohlen mit drohendem Blick eine kleinkalibrige Handfeuerwaffe zum Vorschein holt. Am Ende eines Laufs angekommen, mit dessen Korn Gianna den langen Schleier, der mit Identität und Stolz und dem provokanten Blickfang sanfter Blätter und Blumenwindungen versehen ist, lüften will, seit das schwarze Gespenst erstmals reinflatterte, um es ihm jetzt über die verstörte Mimik zu zwingen, *wir zeigen dir den Grusel.*
„Bildest dir ordentlich was drauf ein, was - kleines Update angesagt."
„Lass mich machen, ich weiß was!"
Ihre Eltern haben bereits vor den Zimmern Platz genommen und bekommen von all dem nichts mit. Hänger ist an der Reihe, dem Thema Beitrag zu leisten, „nun, man muss auch mal austeilen dürfen, oder?"

Maria will das nicht gehört haben und findet, dass sowieso alle maßlos übertreiben.

„Das wird schon alles nicht so schlimm sein, wie man immer tut. Nina, zum Beispiel, weiß Verantwortung zu übernehmen."

Gianna gibt der alles mitstreamenden Nina das fremde Smartphone aufgekratzt aus der Hand, lässt das Magazin demonstrativ prüfend rausspringen, wie es ihr der große Bruder gewissenhaft gezeigt hat und macht die Waffe schussbereit.

Nina startet auf fremden Profil eine nicht repräsentative Umfrage *Ich bin untenrum nicht schön. Oder was meint ihr* - Evas eingeschüchterte Tochter leistet keinen Widerstand, rückt weiter in die Dunkelheit des einsamen Gangs, die kalt und hart und grob, wüst und Stolz nicht brechen wird.

„Das Beweisfoto will lächelnde Lippen sehen."
Dann lässt Gianna das Ziel aufsitzen.

Eva, Maria und Anna warten tratschend vor dem Klassenraum ihrer Töchter darauf, aufgerufen zu werden. Hänger sieht sich derweil um.

„Wo warst du?" –

„Nachschlag holen, bin ja wieder da."

Wolf gesellt sich zu Thomas, der ihm nicht aus dem Weg gehen wird, beobachtet scheinbar kommentarlos die Unterhaltung der drei Frauen; flüsternd darauf bedacht, nicht gehört zu werden.

„Das Zeug ist immer noch da. Wenn die Fluchtfutzis kommen, muss das Areal leer sein. Scheiße, Mann. Wirklich sehr schade."

Wolf nickt Thomas fragenden Blickes mit zusammengepressten Lippen zu, ob er verstanden hat. *Hat er*.

Sein Verständnis für die Folgen beschäftigt den Müllbaron eine Weile, während er nach Hänger sucht, der gelangweilt die Auswahl in den Automaten studiert - *auf keiner Taste was gratis*.

Das iPad auf dem Kugelbauch, öffnet Eva die Verpackung eines Müsliriegels pingelig, es wie in einer Werbung aussehen zu lassen. Schließlich ist ihre BFF neben ihr Fernsehstar.

Zwar zeigt sich hier alte Mode von ihrer besten Seite, aber Schwester Anna muss vertauscht worden sein.

„Ach ja, schau mal."

Eva beißt vom Riegel ab, ruft den Online-Shop auf, für den Maria wirbt und hält ihr das iPad hin.

„Das ist toll; wie dein Kleid, übrigens. Aber ich kann mich nicht entscheiden, was mehr über meine Persönlichkeit aussagt."

Die Beiden haben ihre Beschäftigung gefunden. Wolf geht theatralisch leidend in die Knie, „haben wir nicht schon genug davon?"

„Der Himmel behüte mich davor, genügsam zu werden. Ich will es mir nicht zu einfach machen – und dafür brauche ich dich, Wölfchen."

Anna macht sich daran, ihren Mann einzusammeln.

„Wo sind eigentlich unsere Töchter? Siehst du nach, Andi?" – „Nicht nötig. Das Handy unserer Töchter überträgt in Echtzeit. Wir lassen unser Kind niemals allein. Da kommen sie nur auf dumme Gedanken." Hänger verdeutlicht die Sachlage und will von der bissigen Eva wissen, ob sie ihr Kind überwacht.

„Ja. Wenn ich mal nicht aufpasse, kann das jeder machen. Sehen wir es uns an", aber dazu kommen sie nicht mehr. Die Tür zum Klassenzimmer geht auf, der Lehrer bittet Eva und Wolfgang hinein, „so, sie wären dann die Nächsten."

Nicht zu orten, woher der Hilferuf kam.

Ein paar Häuser im möglichen Radius werden der Keller wegen abgelaufen; oder von wo es sonst kommen konnte.

Es war einmal deutlich zu hören.

„Wir müssen weiter."

Die Container wurden geleert.

Zerquetscht, was belastet.

Mit verstehender Gestik einer anderen Sprache, segnet er nach Zeit bezahlt die Wiederaufnahme der Suche mit einem Nicken ab, aber die eigene Geduld gibt dem Insgeheimen Raum, seine Vereisungen wie Sand durch Finger in die Leere herzender Hände rieselnd, abzutauen.

„Hast du nur Einbildung."

Hänger, der immer gut darin war, verbleibende Stücke aufzusammeln, hat es jetzt amtlich, eben dieses eine, welches aus den Fugen geratenen Konsens ausjustiert in Balance hält, genommen zu haben, weil er es liegen ließ.

Weiterfahrt. Bis niemand abseits der Straße aufgelesen werden will, die irrend endlich von hier wegführt, wird es wohl so sein.

Das unscheinbare Areal ist überschaubar.

Wege werden frei. Die Auffänge voll.

Die schlichte Freiheit überhitzter Kinder, so alt wie einst das eigene, möge sich gefälligst im Funkenflug der Flammenwerfer abkühlen.

Es hinterlässt hinzukommend, wer flüchtet und der Müllmann quetscht, was bleibt.

Thomas zieht hart durch und lässt Hänger anstatt des Balls nicht aus den Augen.

„Danke, dass wir das für Richy bei euch machen. Aber erwarte dir nicht viel – der Junge ist ziemlich durch." - „Was zur Familie gehört, versteht sich. Soll montags wieder anfangen."

„Das mach mit ihm aus."

Hängers lange Leitung, auf der er Maß nehmend steht, reicht einmal quer über das Fairway bis zum Dogleg.

Thomas mampft sein *Asia to go* weiter.

„Warum habt ihr sie stehen lassen? Mir ist das ja egal; und ich spreche da nicht für meine Frau, aber *dein Junge* hat, wieviel - die einen sagen so, die anderen so – waren es, hochgehen lassen und du lässt die Fässer stehen? *Du* - Serge wollte sie mitnehmen." - „Er war nur für die Ausbildung."

„Aber sicher war er das. Hast du eine Ahnung, was das lostreten kann?" - „Wie hätten wir die Scheiße transportieren sollen, in der Presse? Für so eine Sauerei steh ich nicht gerade."

Aber ich, Arschloch.

Thomas bietet Hänger von den angebrochenen Nudeln mit Ente an, holt einen weiteren Golfball aus seiner Tasche hervor und schlägt hart ab.

„Das war´s, Andi. Richard übernimmt, das wird Anna beruhigen - wir lassen uns was einfallen."

Zu viele Masken und Kostüme, die eine Unordnung entfachen, machen ihm, wenn das eine größere Sache wird, arge Lust, ordnend Hand daran anzulegen.

Nur in fremden Garderoben ist das so.

„Ich kann dir nicht sagen, wie froh ich bin, dass du wieder da bist; aber einmal noch: du siehst so anders aus als auf deinem Profil! Und ich brauch das Geld bald." – „Bin mitten in der Einstufung. Wird nicht mehr allzu lang dauern."

„Dann soll sie einen Gang hochschalten. Ist deine Ärztin echt so scharf?"

Viola sitzt im Body vor einem Schminkspiegel, das Vortanzen liegt hinter ihr. Sie sucht mit sorgenvoller Miene in ihrer Handtasche nach einem kleinen Umschlag. Richard steht hinter ihr und beobachtet sich selbst im Spiegel, während er mit ihr spricht. Wenn sie hochsieht, sieht er schnell auf ihren Hinterkopf. „Ich habe kein gutes Gefühl."

„Doch nichts dabei?" - „Nein, Mann - gerade eben! Hast du die vor mir gesehen - ich kann scheißen gehen." - „Blödsinn, du warst gut. Mehr als gut!" - „Wo ist es denn - du, lieb gemeint, aber spar es dir." - „Ich bin hier. Also bleib fair."

„Hier ist es."

Viola hat das Drogenbriefchen gefunden, hält es Richard hin und bremst seinen Enthusiasmus.

„Meine Grabesstimme sagt: du bekommst die Rolle. Grund zu feiern." - „Das vom letzten Mal ist auch noch offen - lass dir nicht zu viel Zeit. *Und:* das war ein Vortanzen. *Um Tanz zu studieren.*"

Viola wartet auf Antwort, die dem verlegenen Richard nicht einfällt.

„Hast Du kurz die Autoschlüssel – ich brauch meine Jacke."

Viola geht an Richards Auto und kommt zurück, ihre feuchten Handflächen voller Rasensamen.

„Das ist nur vorübergehend, hörst du – ich will dich wieder in der Spur sehen."

Sie öffnet das Briefchen und bereitet diskret eine Line vor. Ihr Handy beginnt zu vibrieren.

Sie geht ran.

„Was hast du an den Händen, ist das Erde - "

„Hey, Oma - Oma, warte - du brauchst mich nicht zurückzurufen - du hast *mich* angerufen - ja, hat geklappt. Aber ich muss jetzt aufhören, ich bin noch dort. Es dauert nicht mehr lange - ist gut."

Viola legt auf, muss sich einen Moment über ihre Großmutter wundern und wendet sich wieder Richard zu.

„Nicht mehr feierlich, mein Löwenherz. Wenn das hier wieder nichts wird, kann und will ich nicht mehr - und vergiss nicht, dass es das letzte Mal war, auf das Geld warten zu müssen. Soll kein Brandbeschleuniger sein – also, *Gras drüber.*"

Viola klopft ihre Hände vom Schmutz ab.

„Klar soweit. *Kann ich nicht,* liegt auf dem Friedhof, *Will ich nicht,* daneben."

Richard formt einen Schein zum Röhrchen, beugt sich über die Line, „also, wie sehen wir aus?" - „Ich bin da nicht der Typ für - mir ist egal, ob er der Müllbaron oder sonst wer ist. Klar will ich dich auch feiern, aber Familie ist keine freie Wahl." - „Deshalb wirst du mich unterstützen, wie ich dich unterstütze, Schönheit?"

Viola befeuchtet eine Fingerkuppe und massiert ihm den Rückstand der Line ins Zahnfleisch ein. Erst jetzt fällt ihm ihr Spagat zwischen zwei Stühlen auf. „Wir sehen, was das wird."

„Eine Verfolgungsjagd – *echt jetzt!?*"

Viola steht zwischen Thomas, Hänger, Gianna, Anna, Nina und Richard, den sie mit nach Erklärung suchendem Blick anvisiert. Das Essen hat bereits stattgefunden. Die überdrehte Anna klatscht engagiert in die Hände.

„Die Kandidatin hat 100 Punkte! Bei 1000 gibt es eine Waschmaschine. *Wisch, wasch.*"

Maria beginnt mit der Erklärung, wie das Geländespiel genau vonstattengeht. Nina und Gianna ausgenommen, hält sich die Begeisterung der Anderen in Grenzen; außer Anna, die schon einen kleinen Schwips hat und die Idee – nicht wie Hänger - lustig findet und das letzte schmutzige Geschirr zusammenträgt.

„Was soll der Scheiß jetzt?"

„Also ich finde die Idee lustig."

„Danke für deinen Beitrag vor den Kindern, Andreas, aber drücken kannst du dich ein anderes Mal. Du dachtest wohl, du kommst nur zum Essen - ein Satz mit *X* - das war wohl nix!"

„Anna hat Recht: es wird lustig."- „Danke, Schatz. Alle machen mit. Also, Folgendes:"

Maria erläutert die genauen Wege und Lagen der Hinweiszettel. Ein Zettel, auf den ein Pfeil nach oben zeigt, ist an einem Baumstamm befestigt, von dem sich Gianna und Nina wegbewegen.

„Es gibt zwei Gruppen: *Verstecker* und *Verfolger*. Gianna und Nina sind die Verstecker, wir Großen die Verfolger."

Ein weiterer Zettel mit Hinweisen hinterlassen sie auf der Sitzbank eines Ruderboots, welches sanft am Ufer hin und her gewogen wird. Die untergehende Abendsonne schimmert auf der strömenden Wasseroberfläche.

„Die Mädels hinterlassen uns gut
sichtbar Hinweise, durch die wir mit zeitlichem Abstand ihre Verfolgung aufnehmen."

Ein Hinweis landet im Golfloch.

„Um die Verfolger zu täuschen, dürfen die Verstecker auch Irrwege auslegen."

Sie klatscht wiederholt in die Hände.

„Na, wie hört sich das an?" Nina und Gianna springen begeistert auf, während die Erwachsenen eher verhalten reagieren.

„Machst du dir keine Sorgen; ich meine, wegen denen da draußen." - „Nicht bei unserer Nachtpatrouille. Hier ist es sowas von sicher", gibt sich der Sheriff überzeugt, dass das eigens auf Fremde angelegte System auch seine Funktion erfüllt.

Mehr und mehr Sterne leuchten auf.

III.

Basisnote

Dr. Marie Allbach verharrt an ihrem Schreibtisch als hätte sie das aufmerksame Zuhören erfunden, bewundert dabei den neuen Haarschnitt ihrer Klientin und lässt die ungefilterte Schilderung wirken. Nicht aufhören können, am Verzerrer zu drehen, füllt ihr die Praxis und berechtigt ihr Tun, aber Höhen haben einen Hang, durch Vereinfachung auszugleichen.

„Wir spielen aus der Lust heraus, Ursache zu sein. Die Glaubwürdigkeit des Alltags verliert dadurch an Boden - dürfte ich den wohl wiederhaben?" Der Ton eines Stifts, der aus dem Mund genommen wird, ist zu hören. Die Doktorin nimmt ihn entgegen, wischt mit einem Taschentuch ab und verwenden ihn dennoch nicht mehr.

„Danke schön. Bitte – *versorgt mit Sicherheit*; waren Sie stehen geblieben." Differenzierte Ordnung ist bei Bedarf verstellbar.

Von der Stabilität ausreichend, sammeln Reiter aus hartem Plastik griffbereit alles und noch viel mehr, neigen quer verstaut dazu, im Register zu verhaken und geben jedem sein Fach; aber das vorgestanzte Schildchen auf der offenen Hängemappe vor ihr hebt sich – *nicht nur optisch stark verändert* - aus ihrer Sortierung hervor.

Die Doktorin unterbricht das leidige Selbstberichtsverfahren ihrer Klientin für einen Moment, um ihr die Frage zu beantworten, von der auszugehen war, dass sie irgendwann kommen würde, „wie ist die Sachlage zu bewerten, Frau Dr.?"

Abgabe und Aufnahme liegen immer gekoppelt vor. Gerade keine Zündhölzer zur Hand; veranschaulicht Dr. Allbach anhand des Abriebs, den ihr Briefbeschwerer auf dem Lederüberzug ihres Schreibtisch hinterlässt, wie ein Reaktionspartner Elektronen auf den anderen überträgt. „Nachweis basiert auf Übertragung - genau das ist es, was wir hier machen."

Maß des Grades freilich ist, wie effektiv Konzentration eines vorherrschenden Volumens durchdrungen wird und der Doktorin durch Übertragung aufzeigt, wer nach sich selbst sieht und um wen es sich zu kümmern gilt.

„Ich habe ja bereits erwähnt, dass mein Mann mir den gleichen geschenkt hat – aber mein Exemplar färbt nicht ab", gibt sich die Klientin nicht sicher, ob das so gehört und sein darf.

Die Änderung eines Details erfolgt der besseren Abstimmung mit dem eigenen Hintergrund. Die neue Frisur schärft eine Akzentuierung an ihr, von der die Therapeutin nicht ahnen konnte, dass sie, unter der nachlässigen Aufmachung vorangegangen Sitzungen versteckt, standhält.

Sehr gewagtes Gegengewicht, aber bei ihr geht es mit dem Versprechen auf, morgens im Bad auf Dauer an Gelände zu gewinnen.

Von indonesischen Patschuliblättern berauscht, die ihr aromatisch in die Ansicht schleichen, fängt die Klientin wieder an, vom eigentlichen Thema, wie mit dem Verlust ihres Kindes umzugehen ist, abzulenken.

„Sehen Sie, wir machen einen Deal: Sie bekommen den Namen meines Parfüms und verraten mir dafür, wer Ihnen eine solche Frisur gezaubert hat", gibt sich die Allbach unerwartet entgegenkommend. Stockende Doppelklicks klickern in den Durchzugston der Klimaanlage.

Die verlegene Klientin, die jede Kamera scheut wie Fairness den schlechten Vergleich, notiert ihr die Nummer ihres Friseurs - der ausschließlich Frauen schneidet - ohne wirklich zu verstehen, was eine solch vollkommene Dame wie die Doktorin damit anfangen will; außer, dass gleiche entgegenkommende Feingefühl an den Tag zu legen, wozu sie sich selbst kaum mehr im Stande sieht.

Sie kann es nicht und Komplimente dürfen auch angenommen werden.

Klatschende Fontänen stören die Nachtigall und begrenzen den wallenden Kitsch des Bergmädchens vom Schloss schöner Brunnen in seiner Ausdehnung durch die Nachtblende.

Zu früh kündigt der Summer des Türöffners ihren kommenden Klienten an.

Wo Tarnung aufrecht zu halten hat, ist die gebrochene Wut, die aufkommt, wenn eine Maske zweier Maskenträger weiterhin nur von einem getragen werden kann, nicht mehr allzu fern.

„Gemeinschaftlich geteilte Erlebnisse schürfen ihre erste Einschätzung zunächst aus euphorischen Instinkten, die uns naheliegen."

Der Summer wird ungeduldig.

Jeder der Gäste kommt mit eigenem Auto und stellt es in einer kleinen Parkbucht in der Nähe des Hauses ab. Der BMW von Thomas wird dabei eingeparkt; Marias Mercedes quer davor.

Richard steuert seinen Toyota darauf zu und stellt das Auto auf der Straße vor der Einfahrt zur Parkbucht ab.

Sein Smartphone auf dem Beifahrersitz zeigt anstelle von Viola ein Bild von Maria.

„Hallo. Richy, das geht nicht. Du kannst das Auto nicht an der Straße stehen lassen. Die Nachbarn mögen das nicht und wir dürfen sie dann wiederhaben. Ich möchte sauber eingeparkte Autos sehen. Die Fläche soll optimal ausgelastet sein. *Wofür haben wir sie sonst?"*

Richard sieht sich um. Vom Haus aus dürfte ihn Maria eigentlich gar nicht sehen.

„Woher weißt du - ich fahre ihn nachher weg, um nicht zugeparkt zu werden. Das wird doch reichen?"

„Nachher haben wieder alle getrunken und dem Einzigen, dem es reichen wird, bist du."

Richard atmet mühsam aus und kneift die Augen zusammen, in denen sich nackt und aufeinander herber Schweiß gebrauchter Körper sammelt. Maria will sich ihm entziehen, was er ihr, hart an die Gurgel greifend, grob unterbindet.

Richard startet den Motor und parkt den Toyota quer hinter den Mercedes. Anschließend dreht er den Zündschlüssel ab und ruft an und fragt, wo sie bleibt, „meine Süße, wo bist du?"

Violas Chevrolet rast donnernd die Straße hinunter und nimmt einem Citroën 2CV die Vorfahrt.

Die Ente muss scharf abbremsen.

„Affenarsch!", kurbelt Anna umständlich die Scheibe nach unten; und sie sind da, bis sie sie wieder oben hat. Hänger, der Lenker; neben ihr.

Viola geht ran.

„Ich bin überall."

Diese Art an ihr hasst er.

Sie lässt die Welt hupend wissen, dass sie im *House* ist und parkt den Chevy röhrend hurtig hinter Richards Toyota ein.

Viola steigt im Rückspiegel aus.

Griff in die Leere der Rückbank; *seine Mutter war am Werk.* Keine Jacke, die er ihr über die Schulter legen kann: ihr sehr tiefsitzendes Muttermal leuchtet bleich im Anbruch des Abends am Ende ihres Schulterblatts bis zu ihm.

Richards Smartphone beginnt erneut zu läuten.

Maria ist dran, erneut.

Sie wird begeistert sein.

Die Gäste, die den Heimkehrer willkommen heißen, kommen an einem großen Einwegspiegel vorbei, der zusammen mit anderem Unrat als Sperrmüll auf dem Weg zum Haus angelehnt die gepflegte Siedlung verschandelt. Gegenüber dem Verhörspiegel lehnt eine Axt fahrlässig an einem Pflock inmitten von Holz, was noch gehackt werden muss. Maria wiederholt bei jedem neuen Gast, sie daran zu erinnern, Thomas zu sagen, *Monsieur Müllbaron* möge die Unordnung beseitigen; und ihm wiederrum bereitet es Vergnügen, seine Frau – und die verdammten Nachbarn – mit geringem Aufwand nerven zu können.

Kleine Sticheleien, mit Beil, *wenn man so mag*.

Viola und Richard gehen daran vorbei; er mit suchendem Griff nach ihrem, ein kleines Stück weit Hand in Hand, wenigstens bis zum Spiegelpark; ob es besser aussieht, als sie es ihn – zierlich, wie sie ist – spüren lässt.

Sie wird langsamer, löst die ungewohnte Berührung im Gehen, richtet sich prüfend die Haare im Spiegel und hört Richard nur mehr mit halbem Ohr zu, bevor sie mit dem Blick nach den Ecken des Spiegels sucht. Er riskiert ebenfalls kurz einen genaueren Blick, findet einen Pickel im Gesicht und drückt ihn rasch aus.

Die freistehenden Scheinwerfer der Ente biegen auf den letzten freien Parkplatz hinter dem Truck.

Anna hat das Fenster oben.

Optimale Raumnutzung soll das Straßenbild auflockern. Die Parkfläche ist nun ausgelastet.
Hänger hat doch richtig gesehen.
Es wäre schon enorm und noch weiß er nicht, ob ihn das freuen darf oder Ärger einhandeln wird.
„Sieh einer an, der Rowdy gehört zu uns - so schnell und doch das gleiche Ziel."
Er und Anna steigen aus, gehen an Violas Chevy vorbei auf das Haus zu.
Ohne über diese Anziehung hinauszuwollen, macht es doch neugierig, welche Person eine solche Person für sich in Betracht zieht…
Doch bitte nicht den Junior…
Anna und Hänger kommen am Spiegel vorbei. Sie zupft unsicher an ihrem neuen Haarschnitt herum, er nennt sie seinen *kleinen sexy Hüpfer* und würdigt dem eigenen Spiegelbild keines Blickes.
„Welcher Vollpfosten legt das Beil da so hin?!"
Er greift es auf und schlägt es mit der Leichtigkeit seiner Wucht in den Holzpflock, bevor er Anna zum Haus folgt. *Differenzierte Ordnung ist bei Bedarf verstellbar.* Dr. Marie Allbach kommt für keine Sekunde zu ihrem Aktenschrank an der Spiegelwand vorbei, die das Grün der Umgebung von der Stabilität her, ausreichend dupliziert.
Das geöffnete Fach, in dem hartes Plastik griffbereit und quer verstaut davon zeugt, wie krass schwer sie am Leben trägt, all das zu brauchen,

um durchzukommen, hebt sich aus ihrer an sonst ordentlichen Sortierung nicht nur optisch hervor.

Maria wühlt durch den fehlenden Überblick ihrer Betäubung, findet aber nichts mehr.

Morgen. Mittag. Abend.

Maria fasst sich ratlos an die Stirn. Ihre Kopfschmerzen werden stärker.

„Das darf jetzt nicht wahr sein."

Er sieht sie kommen. Maria sucht Thomas auf, der gerade die Gäste begrüßt. „Hey Schatz, gerade haben wir von dir geredet." -„Ich leugne alles - kommst du bitte mal?" - „Wenn mich die Herrschaften kurz entschuldigen würden."

Hänger prostet Maria gönnerhaft zu, wartet, bis sie mit Thomas außer Sicht- und Hörweite ist und blickt Richard achselzuckend an, der Viola Anna vorstellt. „Ich schätze, das liegt in der Familie."

Erst jetzt bemerkt Viola Hänger.

Es bedarf den Bruchteil einer Sekunde, um zu einer stillen, gemeinsamen Übereinkunft zu kommen, ein Geheimnis zu wahren.

„Das ist deine Dame, Junior?!"

Indes zeigt Maria Thomas, voran es mangelt.

Morgen. Mittag. Abend.

Der sieht genauer darin nach, „du bist dir ganz sicher, dass keine mehr da sind – ", zieht einen Tablettenstreifen hervor, „was ist mit denen?"

„Die sind für Nina. Tom, was sollen wir jetzt machen – meine Brust packt keine Panik mehr!

Das ist ein echtes Problem." - „Lass mal sehen, welche Apotheke noch offen hat."

Die Gruppe, vertieft in Richards Geschichten und seine Begleitung, bekommt nicht mit, wie sich Thomas auf den Weg macht, den kaum angebrochenen Abend zu entschärfen. Er kommt von rechts auf den Parkplatz am Spiegel vorbei.

Sein Schritt verlangsamt sich, als er die Axt sieht, die Hänger tief in den Holzpflock gerammt hat. Er geht weiter.

Hänger erkundigt sich, wie es ums Essen bestellt ist und ob auch an Bacon gedacht wurde.

Die Schauspielerin kann ihn beruhigen, geht zurück zu den anderen, die schon mit den Themen beginnen, von denen Maria hoffte, *wenn, dann erst später* aufzukommen.

Sie verteilt gewöhnungsbedürftige Hausschuhe an alle und sieht die Begleitung des Soldaten.

„Haben wir uns schon irgendwo getroffen?"

Thomas kommt an der Parkbucht an und findet seinen BMW von den Autos der Anderen eingeparkt vor. Genervt macht er kehrt und geht zurück zum Haus. Er ist fast schon daran vorbeigegangen, macht dann aber kehrt und versucht erfolglos, das Beil herauszuziehen. Nach ein paar Versuchen (*ach, ist ja auch egal*) gibt er auf und geht seines Weges. *Das steckt dort für immer.*

Thomas kommt leicht genervt vom Parkplatz zurück und stellt die Frage in die Runde, „der Weg war umsonst. Eingeparkt. Leiht mir jemand kurz sein Auto?" - „Logo. Nimm die Ente."

Hänger zieht seinen Autoschlüssel mit einem Legomännchen als Anhänger hervor und wirft ihn Thomas zu, der ihn sicher fängt.

Viola könnte den Chevy per App ausparken lassen. Ebenso Thomas. Und Richard auch. Hänger nicht. *Sie verarschen ihn schon.* Anna traut dem Ganzen nicht, an der Ente kommt man nicht vorbei. Frauen wie sie und Maria werden die Übernahme durch die Maschinen abwenden; ohne einen Schimmer zu haben, wie sie das gemacht haben.

Er erklärt seinem Schwager, was er machen muss, wenn er mit dem Gefährt vom Fleck will.

„Auf gar keinen Fall. Wenn etwas passiert, deckt das die Versicherung nicht ab."

Maria, die mit deren neuem Haarschnitt noch überhaupt nicht klarkommt, lobt ihre plötzlich zehn Jahre jüngere Schwester und scheucht in die Hände klatschend alle zu ihren Autos, um Thomas den Weg freizumachen.

Der Abend hat keine Panik.

„Danke, Schwesterherz. Sehr vernünftig! Und da mein Mann auch vernünftig ist, fahren wir jetzt alle unsere Autos rasch beiseite und können dann gleich anfangen. Also: hopp, hopp - sattelt die Hühner, wir reiten nach Texas."

Viola, Richard und Hänger bewegen sich missmutig zu ihren Autos, um Thomas den Weg freizumachen. *„Ich kann nicht glauben, da mitzumachen.* Die Lady ist gaga", kommentiert Viola den unerwartet intimen Einblick in das Leben zweier Menschen, die sie zuvor unabhängig voneinander weiter kaum kannte.

„Wir sollten es besser wissen, Junior", sagt er einem, der schon das zweite Mal umparkt.

„Ihr kennt sie doch und wisst, wie sie ist. Bringen wir es einfach hinter uns. Schön, dich wieder hier zu haben, Großer. Aber stellt euch danach wieder so hin, dass ich nicht auf der Straße parken muss."

Alle setzen sich in ihre Autos, starten die Motoren und führen unter Nutzung jedes freien Zentimeters mit vorsichtigem, aber flüssigen Manövrieren der ausparkenden Autos ein Motoren-Ballett auf; vor und zurück, etwas weiter nach – *Pass doch auf, ja, so* - bis Thomas mit seinem BMW ausfahren kann.

Solche Geschicklichkeitsspiele gibt's sonst nur noch fürs Handy. Hänger steigt aus der Ente aus und beugt sich zu Thomas runter, der vorsichtig aus der Parkbucht steuert und kurz warten muss, bis Richard seinen Toyota zur Seite fahren kann, nachdem Viola ihren Truck ausgeparkt hat.

„Soweit alles in Ordnung?" - „Alles in Ordnung soweit. Nur Maria – "

Thomas simuliert mit abspreizenden Fingern eine imaginäre Explosion und fährt weg. Viola und Richard haben ihre Autos wieder abgestellt.

Nicht weit von der Parkbucht ist eine Kreissäge zu hören.

Für die Kanten sorgt der Führungsschnitt. Alle machen sich auf den Weg zurück zum Haus.

Richard wendet sich an Hänger, den Einzigen, den er noch nicht richtig willkommen heißen wollte; zu groß die Sorge, in den Augen seines Vaters nicht bestanden zu haben.

„Lass uns am Wochenende fischen gehen."
Viola bleibt ein paar Schritte zurück und beobachtet die Beiden.

„Du bist mein Junge", sagt Hänger dazu nichts.

Vorsicht. Die Flugbahn geht nach hinten los.

Knirschender Funkenflug durchbohrt die anbrechende Dunkelheit über dem Garten, wo noch jemand in die vereinzelten Spuren der getrimmten Hecke treten wird.

Die separaten Plastikpflanzen – von jemand, die durchaus ihre eigenen Blumen bekommt - machen das Licht der Veranda satter, als die echten.

Maria schneidet Fleisch vor dem offenen Küchenfenster und kann dabei zu Thomas, Hänger, Richard, Nina, Gianna und Viola auf die Veranda sehen. *Alle versammelt.*

Das ist selten, das ist schön.

Froh, nicht all die Geschichten zu hören, die draußen zum Besten gegeben werden, ist es abgemacht, den Mädchen wieder Normalität zu geben. Richard ist für sie ein Held *und jetzt haben sie ihn wieder.*

Er kann sich noch so viel entschuldigen. Er kommt davon. Ihr Mann hat das Machtwort gesprochen. Ihre Schwester war beim Friseur.

Ohne ein Wort zu sagen - hat sich was getraut.

Unfrieden kann abscheulich diskret sein.

Sie hantiert grob mit der Geflügelschere durch den Knochen, was an der heiteren Anna unbemerkt vorbeigeht, die sich neugierig in der Küche umsieht, ob sich etwas seit dem letzten Mal verändert hat und in ihrer umwerfend neuen Frische in einen leicht weggetretenen Singsang verfällt,

„Fei-er-abend, das geht wie Honig runter, Fei-er-abend. Wo bist du gerade?"

Maria sieht ihre Schwester an, ob sie sich Sorgen machen muss. „Am Herd, liebe Anna."

„Nein, gedanklich."

Ihre neue Frische ist umwerfend.
Maria bedauert, nicht darauf vorbereitet zu sein.

„Bist du mit dem Fleisch zufrieden?"

„Soweit. Alle Innereien sind fettarm. Das ist das Wichtigste. Man sollte nur schlachtfrisch einkaufen und es sofort verarbeiten, weißt du. Wann hast du es gekauft?"

Anna lügt sie an und weiß genau, worauf ihre Schwester abzuzielen versucht.

Ohne es auf irgendwas ankommen zu lassen, setzt sie sich auf die Arbeitsplatte, was Maria zunächst nicht bemerkt und blickt durchs Fenster an den wehenden Vorhängen vorbei auf die Veranda zu Hänger und Thomas.

„Irgendwann letzte Woche, was denkst du denn - wie wollen wir weitermachen?" - „Wir schlachten uns gegenseitig aus, bis nur noch der leere Kadaver von dem übrig ist, was wir einmal zusammen gewesen sind, wenn du so fragst. Thomas klärt das Morgen mit dem Direktor. *Punkt.*" - „So genau wollte ich es gar nicht wissen - " - „Aber der Direktor wird es genau wissen wollen - ach Anna! Doch nicht auf die Küchenplatte! Da wird Essen gemacht und du setzt dich mit dem Arsch drauf! Das muss doch nicht sein."

„Du, das kann man auch netter sagen. Brauchst nicht gleich gemein sein."

„Acht du lieber besser darauf, was deine Tochter im Internet veranstaltet."

Maria hat ihr Ziel nicht verfehlt; mit einem Mal der verlegen schweigenden Anna jeden Funken Heiterkeit ausgetrieben.

Und dass an einem Tag vor den Tagen.

Es wird in der Praxis eine Zeit ohne Einschränkungen kommen, selbstbezogene Aussagen zu entzerren, welche die vermeintlich gestellten Anforderungen bis an den Punkt verschleppen, an dem die verteilte Last mit all seiner Gefahr des Scheiterns unter Krämpfen und Spannungen nachgibt; und der Doktorin wird genau diese Episode geschildert, wenn es darum gehen wird, wie Selbstaktualisierung die persönliche Wahlfreiheit erweitert. *Oder eben abschnürt.*

„Sowas würde ich mein Leben nicht zu dir sagen." - „Werde ich überprüfen. Und zwar ab jetzt."

Maria durchtrennt unter enormen Kraftaufwand den Knochen und knallt erschöpft die Geflügelschere neben das entfernte Fleisch.

Anna, eigentlich routiniert darin, sich zwischen Nadelstichen zu arrangieren, steigt verunsichert von der Arbeitsplatte runter, als wäre der Boden unter ihr aus dünnem Eis.

„Fertig mit dem Verhör und wieder bereit, nützlich zu sein?" - „Kann man dir irgendwie helfen? Du weißt, ich bin da, wenn du mich brauchst."

„Das ist lieb. Ich habe Termine bei einer Therapeutin und Tabletten - mehr kann ein Mensch nicht tun, danke."

Würde therapeutisches Bündnis unmittelbar im Kontext der Klienten, der in direkten Zusammenhang mit dem Problem steht, stattfinden, könnte ein Kolibri Dr. Allbach erkennen, die für den Bruchteil einer Sekunde in Annas/Marias Kleidung in der Küche steht, mit Zeigefinger auf den schmalen Lippen, *Pssst...*

Thomas steht mit Hänger am Grill und wendet Steaks, Würstchen und Gemüse über dem Feuer, während der gefrorene Prosecco auf dem Tiefkühlschrank splitternd aufzutauen beginnt. Sie trinken Dosenbier, scherzen und referieren über die Zubereitung des Fleisches. Der Dobermann streunt schnuppernd auf der Veranda herum.

Aus einem Steak bahnt sich Blut an der Oberfläche hervor. „Am besten kurz in aggressiver Hitze anbraten. Umso schneller schließen die Poren." Im Inneren von Thomas´ Dose paddelt eine Biene im Bier um ihr Leben.

„Was sagst du dazu: das grobkörnige Salz ist jetzt richtig schön reingeschmolzen."

Hänger sieht Thomas, der sein Smartphone aus der Hosentasche zieht, um ein Foto vom Grill zu machen mit hochgezogenen Augenbrauen an, wundert sich über ihn und nimmt einen Schluck Bier. Seine Golfverletzung plagt.

„Alles, was du sagst, Cowboy."

„Noch schnell ein Foto hochladen - "

Die ganze Scheiße auf Leinwand festhalten - anschließend verheizen – Wärme für alle. Das ist Kunst, die der Wahrheit sehr, sehr nahekommt.

„Es ist einfach nicht mehr derselbe Scheiß, wenn die ganze Welt nicht gleich über jeden Scheiß Bescheid weiß, der doch immer der gleiche Scheiß bleibt," wird es Hänger fremd bleiben, gegen anerkennungsfreie Einsamkeit keinen Moment zu vergeuden.

Der Dobermann ist Viola nicht geheuer, die nach Richards Arm greift, wenn sich der Hund ihr nähert, „Wow, ist das ein Vieh! Von einem Hund hast du gar nichts gesagt. Schau mal: der hat dickere Eier als du."

Maria bekommt es spöttisch im Hintergrund mit. Der unermüdlich schnüffelnde Ivan erinnert Thomas daran, dem Rückkehrer noch den aufrichtig gemeinten Ratschlag *versuch es mit einem Tier, bringen Extreme mehr in die Mitte* mit auf den Weg zu geben, aber dazu wird es nicht mehr kommen.

„Keine Sorge, das ist ein ganz Braver, der tut nur so. *Ivan, hierher. Bei Fuß!*"

Der Dobermann folgt aufs Wort, nimmt neben ihm Platz, ohne die neue Situation aus den Augen zu lassen.

Tom nimmt mit der Grillzange ein Steak vom Rost, hält es in die Höhe, präsentiert es der Runde um ihn, „das Steak wollen wir jetzt natürlich noch ruhen lassen."

Er beugt sich zum Dobermann, lässt das Steak vor seiner Schnauze kreisen und legt es dem Hund ins Maul. „Das Fleisch kann sich entspannen, der Saft verteilt sich. Man kann schön sehen, dass es extrem saftig ist."

Maria presst ein aufgesetztes Lachen hervor und wartet auf eine Reaktion der Runde; selbst noch zu sehr über ihren Mann angepisst, fällt es ihr schwer, den entsprechenden Anstand zu wahren. Die Muskeln des Hundes unter seinem glänzenden, schwarzen Fell zeigen keine Regung; selbst nicht, als ihm der Bratensaft über das Zahnfleisch läuft.

Thomas nimmt es wieder raus, legt es beiläufig auf einen Teller, streichelt dem Dobermann über den Kopf und sieht die Anderen spitzbübisch grinsend an, die alle nicht wissen, was sie davon halten sollen. Der Hund bekommt sein Stück.

Hänger klemmt sich sein Bier unter die Achsel, die Zigarette zwischen die Lippen und beginnt als Einziger mit einem verhaltenen Applaus.

„Darüber werden wir noch zu reden haben", zischt Maria ihren Mann an - " – „Keine Sorge, das nehme ich. Haben wir Vegetarier unter uns?"

Thomas nimmt sich das Steak aus dem Hundemaul beiseite und greift nach den Tellern, um das gare Fleisch und Gemüse aufzuteilen.

Er gibt den Frauen zuerst. Die Biene im Inneren der Bierdose gibt nicht kampflos auf.

Viola sieht mit Ungemach dabei zu, wie er einen Gemüsespieß vom Grill nimmt und das für sie gedachte Essen mit den Fingern berührt, als er den Spieß auf den Teller abzieht.

Der Hund winselt kurz auf und schleicht sich.

Richard, um den es hier eigentlich gehen sollte, ist der Einzige, der es gesehen hat.

„Was war das denn gerade?!"

Thomas, stets um einen normalen Anschein bemüht, wenn Unklarheit herrscht, greift nach seiner Bierdose - ohne daraus zu trinken - übergeht die Frage und gibt die Sache an Nina weiter, die davon nicht so begeistert ist. Auch Anna wartet im Hintergrund auf eine Gelegenheit, ihren Unmut endlich kundzutun. Hänger versucht, sich aus allem herauszuhalten.

„Schatz, schaust du mal nach ihm. Schließlich ist es dein Hund, du wolltest ihn haben."

„Wie bitte, das ist dein Hund?!" - „Also nein, so einer würde mir auch nicht ins Haus kommen."

„Ich will jetzt aber essen."

„Junge Dame – diese unmögliche Art gewöhnst du dir ganz schnell wieder ab."

Viola und Richard wird es zu unangenehm.

Sie gehen beide mit ihrem Teller in der Hand ins Haus und suchen das Esszimmer auf. Viola sucht auf ihrem Teller nach dem Gemüse, dass Thomas berührt hat und puhlt es an den Tellerrand. *„So ein Fail.* Ich hätte dir Vorher sagen sollen, wie sehr es mich ekelt, von älteren Leuten Essen serviert zu bekommen; erst recht, wenn sie es noch mit ihren Griffeln befingern müssen - wo kommt das denn her?!"

Viola hält inne. Einer ihrer Hausschuhe hat eine durchnässte Sohle. Sie dreht sich um und bemerkt ein paar einzelne Pfützen auf dem Teppich hinter ihr. Maria pfeift die Beiden von der Veranda aus zurück.

„Hey, ihr zwei Verliebten, wir essen draußen!"

Thomas stellt sich am Grill noch sein Essen zusammen. Anna und Hänger sitzen bereits am Tisch. *Tschüss, falls wir uns nicht mehr sehen.*

Maria bemerkt den üppig bestückten Teller ihres Schwagers, der etwas zur Seite rückt, um Viola neben ihm Platzzumachen.

„Hier, komm. Der Killer kann sich gegenübersetzen." - „ANDREAS!"

„Was denn, darf man keinen Spaß mehr machen? Der Junior weiß doch, wie es gemeint ist."

Die frisch arrangierte Blumenvase nimmt er ihr vom Tisch; ein Affront gegen die überladene Maria, die von Anfang an begonnen hat, mitzuzählen:

Noch keine fünf Minuten miteinander verbracht; ist sie sich sicher, dass sie diejenige im Parkhaus war, die sie geschnitten hat - und jetzt die Vase; ist Maria noch am überlegen, ob Violas makellose Figur nicht ein weiteres Vergehen darstellt.

Zuerst ihre Schwester mit ihrem blöden umwerfenden Haarschnitt, jetzt dieses Flittchen, um das sich alle scharen - *was haben plötzlich bloß alle.*

„Tschüss, falls wir uns nicht mehr sehen. Hast du was Größeres vor? Wenn du platzt, machst du selber sauber. Hat Richy schon erzählt, dass seine Tante beim Fernsehen arbeitet, Lola?"

Sind wir wieder soweit. Mit Ausnahme von Viola tauschen die Anderen eingeweihte Blicke aus.

Ein paar Jahre zuvor – die Töchter gab es da noch nicht – saßen Maria, Thomas, Anna und Hänger sichtlich jünger, deutlich verliebter zusammen und scherzten über die unumkehrbare Wirkung der Zeit; die sie in der eigenen Blüte kaum betraf, sich ab dem ersten Nachkommen aber nicht mehr leugnen lässt. Richard war zwischen seinen Eltern noch ganz klein, jeder wollte ihm durch die Haare wuscheln, *das Kind sah immer aus!* Der aufstrebende Jungunternehmer teilte die Portionen aus, was die vielversprechende Schauspielerin mit dem Fuß in der Tür bei jeder mit der gleichen einfallslosen Gestik kommentierte, *tschüss, falls wir uns nicht mehr sehen.*

Sich zu Eigen gemacht, nur zu sehen, was sie auch sehen will, bekommt Maria nichts davon mit.

„VIOLA – nicht *Lola*", findet Gianna endlich die Gelegenheit, bei den Großen mitzureden.

Nina, die aufgestanden ist, um sich noch etwas vom Grill zu nehmen, gräbt ihrer unerträglich von sich selbst überzeugten Mutter das Wasser ab; selbst wenn sie dabei Gefahr läuft, auf die eigene Schliche zu führen, *aber den Film gibt sie sich nicht.*

Sie greift dabei nach einer Gabel und sticht Löcher in die Alufolie, in der eingewickelt in Olivenöl eingelegte Kartoffelscheiben rösten.

„Ist wegen der Schule schon was rausgekommen?", nimmt Nina den sicheren Themenwechsel beiläufig. Gianna bleibt es im Hals stecken, *ja, Fotze, fang davon an!*

Richard wird langsam klar, wirklich wieder zuhause zu sein. Öl tropft vom Grillrost ins Feuer und heizt es weiter an. Nach den förmlichen Höflichkeiten geht's ans Eingemachte.

„Neulich mit dem Direktor gesprochen: wir müssen vorsichtig sein", lässt Anna Gianna, Nina und Richard wissen, *die gesammelte Verbrecherbande vor ihr.*

„*Ein* Machtwort, Anna - mehr nicht. Tom wird das mit Wolf klären; *und nicht wir hier.*"

„Ja, ist gut. Ihr habt euch vorbildlich entschuldigt, Mädels. Aber trotzdem macht diese Geschichte auf mich einen ganz und gar seltsamen Eindruck", zeigt zwar die Beschwichtigung ihrer Tochter, das Video gleich gelöscht zu haben, eine erste, dämpfende Wirkung; aber verstanden, wie das Internet funktioniert, hat Anna nicht.

Da sie Dinge überhört, die sie nicht versteht, will ihr das Wort nicht mehr einfallen, wie es der Direktor nannte.

„Wieso, um was geht es da?", wird die genüsslich schlemmende Viola neugierig. *Viral.*

Maria spornt, die Segel streichend, Anna an, die Geschichte zu erzählen, von der sie glauben, sie in ihrer Gänze zu kennen.

Nur Anna nicht, achten sie dabei, ob in den Gesichtern der Mädchen auch genug Reue zu finden ist, die sie zeigen können, wenn schon Mal alle da sind. Gianna und Nina sehen sich wie auf Kommando an: sie könnten die Geschichte ausschmücken, zeigen, um was es eigentlich geht; *aber sie haben es ja gelöscht.*

Thomas wird still, sucht sich eine Beschäftigung und holt sich ebenfalls noch Nachschlag.

Richard hört voller Anteilnahme zu, rügt die Mädels, wo es von ihm erwartet wird und wo es nicht gesehen wird, lobt er sie dafür, *aber es war seine Waffe,* die nicht ordnungsgemäß verwahrt war. *Wenn Eva lustig ist, kann sie ihnen echt blödkommen.*

„Tom, du – *hörst du überhaupt zu* – du wirst das regeln, ja?" - „Sicher. Entschuldige, ich hatte eine Biene im Bier."

Erwachsen ernste Dinge zu verhandeln, ohne gleich aus dem Feld geräumt zu werden, lässt Nina soweit aus dem Fenster lehnen, nach einem kleinen Schluck aus dem Glas ihrer Mutter zu fragen, aber „so weit sind wir noch lange nicht."

Die Abdeckhaube der Wäschespinne knistert flatternd bis auf die Veranda.

„Auf den Bildern war eigentlich nichts zu erkennen", beendet Anna, das unausweichliche Thema sachlich anzusprechen. *Na ja.*

Eigentlich geht es doch um was Anderes. Bei Richard macht sie das nicht. Viola dachte an Beiläufigkeit, Hektik oder ihretwegen was auch immer, aber *die sieht ihr Kind nicht an.*

„Jetzt muss man abwarten, ob die Überwachungskameras neue Aufschlüsse geben."

„Ihr habt aber viele Kameras - ", stellt Viola beunruhigt fest und will wissen, wie lange die Kinder überwacht werden.

„Rund um die Uhr", kommt Richard seiner Mutter betont kritisch entgegen, „aber die Kameras zeichnen auch das Gute im Menschen auf; etwa wenn - " - „Habt ihr da unten Philosophen ausgebildet?" - „Schluss jetzt!"

Maria hat genug gehört. Thomas beißt mit schelmischem Blick zu Richard vom Grillgemüse ab, der sich sichtlich zusammennehmen muss, dem provokanten Arschloch nicht irgendwas zu sagen, was er später bereuen würde.

Viola beugt sich zu ihm, nimmt beschwichtigend, verspielt sein Gesicht in ihre Hände, mit einem Ausdruck in den Augen, der ihm *wären wir nicht alle gern so von allem Anderen überzeugt, wie wir es von uns selbst sind* besagt, die Sache auf sich beruhen zu lassen. Die Mädels ziehen ihn fort. *Lass uns bald von hier verschwinden.*

Es wurde bereits gegessen.
Etwas später am Abend erledigen Anna und Viola den Abwasch. Maria steht an die Kochinsel gelehnt und raucht. Anna taucht Geschirr ins Abwaschwasser. Thomas kommt mit dem restlichen in die Küche und stellt es ab.

„Schatz, würdest du bitte den Abzug einschalten, wenn du in der Küche rauchst?"

„Jawohl, Tom-Taliban," verdreht Maria die Augen und schaltet den Dunstabzug auf erste Stufe. Viola postet eine Nahaufnahme der Blasen des Spülschaums. Thomas versucht den unbedacht verlorenen Boden (*auch noch unter anderen Frauen*) gleich wieder gut zu machen.

„Ich werde als erstes Morgen Wolf anrufen und das klären. Für solche Fälle bräuchte es eine Art Bürgerwehr, wie hier bei uns, die achtet, dass sowas gar nicht erst durchgeht."

Viola trocknet sich die Hände ab, greift nach ihrem Glas Wein, *„für das Internet* - genau. Wenn wir nur alle gegenseitig gut genug aufeinander aufpassen, wird schon nichts Schlimmes passieren." - „Danke für den Beitrag, mein Lieber."

Thomas, verunsichert von Violas gönnerhaftem, fremden Lächeln in seinem Haus, übergeht den Kommentar seiner Frau; merkt aber auch, dass es für ihn hier nichts mehr zu holen gibt und zieht sich zurück. Maria greift nach ihrem Rotwein, aber die Überwindung, mit Viola spontan anzustoßen, bringt sie nicht auf.

„Da wird er dann immer gleich zu einem Gockel, wenn man es ihm durchgehen lässt."

„Wenn ich einen Tag lang ein Kerl wäre, würde ich es uns allen besorgen", hat sie Violas Mitgefühl.

Maria verschluckt sich beinahe an ihrem Wein.

Aus Anspannung gelöste Bewegungen werden freigesetzt. Die Frauen fallen in eine ungezwungene Ausgelassenheit. Anna stellt das letzte saubere Geschirr zum Abtropfen ab und bemerkt einen gallertartigen Schleim an ihren Fingern, „wo kommt das denn her."

„Du Schatz, du weißt doch, neulich, als der eine das Ding mit den Ketten gebracht hat", platzt Hänger ohne Umschweife auf Anna zu herein und beginnt, ihr sein Anliegen vorzutragen.

Anna hält ihm demonstrativ den Schleim an ihrem Finger vor die Nase. „Schau mal."

„Ja, voll eklig. Na los, sag schon! Du weißt doch, was ich meine. Dass, von neulich. Du warst doch dabei, komm schon!"

Anna schenkt dem Schleim mehr Beachtung als ihrem auf sie einredenden Mann, wischt sich den Finger an einem Küchentuch ab und reicht ihm ein frisch abgetrocknetes Glas.

„Die Kinder drehen dich immer so auf. Hier, das gehört nach oben, räumst du das bitte weg?"

Er nimmt es entgegen und öffnet den Schrank, der bereits mit den gleichen Gläsern ausgelastet bestückt ist. „Da ist aber schon voll."

„Das kann nicht sein! Hier hat alles seinen richtigen Platz." *Auch gut.*

Hänger schließt den Schrank, stellt das überschüssige Glas auf die Arbeitsplatte, *vergisst, was er eigentlich zu Anna sagen wollte* und lässt es bleiben. Viola, der amüsierte Fremdkörper von außen, betrachtet die Szenerie mittlerweile Zigarette rauchend.

Ihre kalte Geilheit wird warten müssen.

Auf die Hausherrin achtet sie dabei genauer, dem Anschein nach entspannt und unbeteiligt, durch Augen einer Rivalin.

Marias genervter Blick auf das einzeln einsame Glas unterdrückt still aufsteigenden Zorn in ihr, presst ihn durch ein Flüstern heraus, „hilf mir doch jemand. Dazu muss man nicht blind sein, Andreas, um zu sehen, wo es hingehört."

Nein, manchmal reicht etwas Manisches.

„Wenn man nicht alles selber macht..."

Die Küche ist groß genug, für eine Insel, an der sich Maria an Hänger vorbeidrängelt, das Glas nimmt, den Schrank öffnet und selbst sieht, dass bereits alle Gläser vollständig und ordentlich aufgereiht im Regal stehen.

Maria schließt den Schrank, sammelt sich für eine weitere Demonstration ihrer Sprunghaftigkeit, lässt aber die Griffe nicht los.

„Das hätte ich vor lauter Quatsch mit Soße fast vergessen: Wir haben ja noch ein Spiel für euch. Mädels!", belohnt sie die Gören auch noch.

Nina und Gianna stürmen hinaus in den Garten, um die Verfolgungsjagd zu starten.

Richard will ihnen nachgehen, merkt aber, dass sich keiner von den Anderen bewegt, um die Verfolgung aufzunehmen.

„Was ist, kommt ihr?" - *„Mit zeitlichem Abstand*, mein Lieber", wiederholt Maria eine Regel des Spiels. „Wie lang soll der sein?"

Maria zieht feierlich eine weitere Flasche Wein hervor und hält sie in die Höhe.

Erleichterung macht sich in der Gruppe breit.

Richard steht auf die Anderen wartend an der Terrassentür. Die Nacht zeigt ihr echtes Dunkel.

„Entspann dich. Wenn wir Glück haben, die nächsten zwei Stunden. Wer will was trinken?"

„Ein bisschen fies, oder? Wir wollten eigentlich langsam aufbrechen", hat er von absichtlichem Vorwand für einen Abend genug.

„Jetzt bleibt noch – *das ist ein Befehl, Soldat.* Hättest du selbst Kinder, wüsstest du, wie fies die manchmal zu uns sind."

Maria braucht Anna nicht anzusehen, um ihr anzusehen, was gehört zu haben, was sie nicht gerne sieht.

Der Soldat steht stramm.

„Es ist doch nur für eine kleine Weile Ruhe vor ihnen. Ich mag meine Kinder ja, aber - " - „- dann könnte man sie wieder in den Kochtopf stecken", vervollständigt Anna den Satz ihrer Schwester; was sie nie getan haben.

Hänger lässt Maria mit einem wortlosen Fingerzeig wissen, wer im Kochtopf landet.

„War doch ein Superabend. Lasst uns die Kinder öfter zusammenstecken."

„Spitzen-Idee von dir, Schatz. Wenn wir ihnen vorher die Handys abnehmen und ich endlich die versprochene Nanny bekomm –"

„Wenn ich mit der dann auch spielen darf..."

„Ja, mit dem Spielen ist das so eine Sache. Wenn einer kommt und sagt: *hör auf,* dann hör ich auch auf. Aber so jemand kommt eben nicht - also spiele ich weiter und versuch, mich zu steigern", wird in der angeheiterten Ausgelassenheit beiläufig ein wirklich ernstes Problem zur Sprache gebracht und übertönt dankbar den unverschämten Kommentar von Marias Mann.

„Es wird Zeit."

Gähnend durchbricht Annas vorgetäuschte Müdigkeit das Schweigen, welches sich in der Runde auszubreiten droht.

Sie streckt die Arme auf den Rücken, dehnt sich halbherzig und will allmählich gehen.

„Wir haben Morgen wieder die Möglichkeit, Geld zu verdienen. Lass uns unsere Tochter einsammeln und gehen."

Sie boxt Hänger auffordernd in den Arm und wendet sich an Viola, „wir müssen heim zu unseren anderen sieben Kindern."

Hänger kann - es – nicht - mehr - hören.

Maria war es ja egal.

Wichtig war es ihrem Mann.

Wahrscheinlich hätte er es wieder für sich behalten, weil er nicht darüber sprechen darf, oder will. Nichts vom Heimkehrer erfahren, für den sie die Party ausgerichtet hat; aber in dieser Familie ist das so.

Maria, gewillt, den Abend zu einem Ende zu bringen, hat ihren guten Willen gezeigt und ergreift die Initiative, „apropos: wo bleiben eigentlich die Mädels?" - „Stimmt, wir sollten nach ihnen suchen – der Fluss, der Golfplatz, die Auffanglager in der Nähe - weit können sie nicht sein."

„Mach mir keine Angst, Andi."

Der lauteste Ruf im Radius der Hausschuhe verhallt unerwidert. Unter friedliebenden Proleten, Müllbaronen, *skinny Topmodels*, aus Asche auferstandenen Hausfrauen und blutjung invaliden

Veteranen kann die Rolle des Drill-Sergeant für die Fahndung nur von einer Schauspielerin übernommen werden.

„Wir bilden zwei Suchtruppen. Die Männer suchen vor dem Haus. Anna und Thomas bleiben hier, halten die Stellung. Viola und ich suchen unten im Garten. Begleitest du mich?"

„Darauf kommt es auch nicht mehr an."

Reizend.

„Seid ihr euch sicher? Ich kann gern mit euch kommen", versucht es Richard noch ins Team der Attraktiven, aber selbst der genervte Hänger erkennt die vergeben Mühe und fordert ihn auf, sich mit ihm auf die Suche nach Nina und Gianna zu machen. „Sicher sind sie sich sicher. Also los, auf geht´s, Killer." - „Andreas!"

„Ach, stimmt - ich sag das ja nicht mehr."

Hänger legt seinen tätowierten Arm verschworen freundschaftlich um Violas knochige Schulter und erklärt ihr schon leicht lallend den kassierten Anschiss seiner Frau.

„Bei unserem zartbesaiteten Junior musst du aufpassen, was du sagst – ist dir das auch schon aufgefallen?" - „Keine fünf Minuten her."

Großartig.

„Danke"; war es doch nicht unbedingt das, was dem verlorenen Sohn zu seinem Glück für einen Abend noch gefehlt hat.

„Nimm es nicht so tragisch, Süßer", wird Viola vorsichtiger, später nicht doch noch zu bereuen, mitgegangen zu sein, „es gibt Tage, die verliert man." - „Gianna! Nina!", eilt Melodramatik getroffen hinaus. Hänger spürt in seinem toten Winkel Annas Vorwurf, nimmt seinen Arm von der fremden, sexy Schulter und folgt seinem Sohn.

„Oh Mann, nix darf man mehr sagen."

„Die Hausschuhe bleiben hier, Andi!"

Viola und Maria machen sich ebenfalls auf die Spur der beiden Mädchen.

Thomas und Anna bleiben alleine zurück.

Sie versucht sich keine unberechtigten Sorgen zu machen. Die unscheinbare Schwester seiner Frau kann auch fesch.

Er weiß nicht, was er sagen soll.

„Puh, was war denn das!? Ich weiß gar nicht, was ich sagen soll - ist bei euch daheim alles in Ordnung?" - „Kommt dir das bekannt vor: es ist, als würde man den gleichen dummen Fehler immer wieder machen."

„Der neue Haarschnitt steht dir sehr gut; falls ich es noch nicht erwähnt habe."

Betretenes Schweigen ausgebreitet zwischen ihnen; sitzen sie sich beide verloren gegenüber.

Beide auf ihre Art mit der krassen Abrede vertraut, einem Alltag aus Schweigen das fehlende Zuhören abzusprechen.

Die Stille wird unterbrochen, als Nina und Gianna lachend ins Haus stürmen. Gianna ist von oben bis unten voll matschigem Schlamm und zieht eine hübsche Schmutzschneise hinter sich her. „Ha, wir haben gewonnen - ihr habt uns nicht gefunden! Wo bleibt unser Preis?"

„Keiner hat was von einem Preis gesagt."

„Ach Mensch, das ist wieder typisch."

„Um Himmels Willen, wie siehst du denn aus - Kind, *woran fehlt es dir denn*?!"

Die Schmutzspur von draußen bis zu Gianna wird den anderen eine Leitlinie sein, die sie in tropischer Nacht direkt zum Donnerwetter führt.

„Wir haben euch die Verfolgung nicht leichtgemacht. Aber warum seid ihr hier, wo sind die Anderen?" - „Das ist unfair, ihr bescheißt ja!"

„Ach, Kinder und ihre Auffassung von Fairness. *Oscarreif*. Deine Mutter wird vor Freude an die Decke gehen."

„Wo habt ihr euer Putzzeug stehen, Tom? Meine Schwester bekommt blaue Haare, wenn sie das sieht", gleitet Anna, angesichts des Teppichs im Flur vor den Mini-Marias, allmählich in eine *akute Belastungsreaktion*, wie es die Doktorin nennen wird, die sie, „ich kann nicht mehr. Manchmal kann ich einfach nicht mehr", bald schon brauchen kann.

„Tom, ich mach das sofort sauber - und du, junge Dame: ab unter die Dusche."

„Ich dusch hier nicht. Ich dusch zuhause."

„So kommst du mir nicht ins Auto; brauchen wir gar nicht erst anfangen!"

Anna beginnt, ihrer widerspenstigen Tochter die schmutzige Kleidung vom Körper zu zerren.

„Komm, zieh das aus! Ach, weißt du, du hast auch keine sauberen Sachen mehr dabei. Himmel, hilf mir, womit habe ich das verdient?!"

Thomas steht scheinbar teilnahmslos daneben.

Ein wenig wundern muss er sich schon über seine Schwägerin: der arbeitslose Mann, die Straftat ihrer *sehr* frühreifen Tochter, der traumatisierte Sohn, auf den nach der OP ein Verfahren wartet und überhaupt erst den Zugang zu der Waffe gab, *aber das bisschen Sauerei macht sie kalt.*

Sicher, Nina war auch dabei, aber im gleichen Moment freut er sich und könnte Anna aufrichtig umarmen, dass ihm angesichts ihrer Probleme sein eigener Haufen Scheiße in Fässern plötzlich so klein erscheint. *Es geht ihm gut.*

Es ist schmutzig; aber das Paradies.

„Nina, bring Gianna mal was Trockenes zu anziehen." - „Ich gebe es euch frisch gewaschen wieder, Ehrenwort." - „Ja, ich bring ihr was. Sie hat sich aber selbst so dreckig gemacht." –

„Lügnerin! Es war deine beschissene Idee!"

„Kenn dich, Freundin - so reden wir nicht!", gibt Anna Gianna, die das Oberteil nicht über ihren Kopf bekommt, einen leichten, aber bestimmten Klaps auf den Hintern. Der Baron braucht Luft.

„Ich breche die Verfolgung ab."

Thomas begibt sich nach draußen, um die anderen zu holen und freut sich auf ein Ende.

Anna zerrt Gianna ins Badezimmer.

Maria und Viola suchen durch die Finsternis des Gartens schlendernd nach den Mädchen, schon am Geräteschuppen vorbei.

Viola liegt ein paar Schritte hinter Maria zurück.

Ihr gedankenloser Gärtner hat versäumt, den Rasenkantenstecher aufzuräumen. Maria bückt sich nach ihm, hebt ihn auf und weiß schon, wer sich später noch was anhören darf.

Noch so schwer zu erbringen, bedarf Aufschub von Bedürfniserfüllung auch Verfügbarkeit.

„Ich versteh den Sinn des Ganzen noch nicht. Es schmeichelt mir ja, alle kennenzulernen, aber ernsthaft: *was soll das?*" - „Sie wissen genau, dass sie nicht wegbleiben sollen – " - „Sie haben doch nur Spaß daran, euch zu schocken. Ich an deiner Stelle würde mich entspannen."

Was soll ihnen hier schon passieren?

„Du bist aber nicht an meiner Stelle", wendet sich Maria empört zu Viola um. Der hängende Wuchs der schwarzroten Pelargonien ergießt sich üppig im Mondlicht schimmernd wie ein Wasserfall aus Samt, der seine zarten Blütenstände sanft über das kräftige Laub tosen lässt.

Der Gärtner gibt aus der Ferne der Veranda lauthals Entwarnung, „Hey! Alle zurück, sie sind wieder da!"

Die Beiden machen sich auf den Weg zurück zum Haus. „Ihr könnt euch zeitlassen!"

Als sie erneut daran vorbeikommen, folgt Viola Maria, die den Abstecher an seinen Platz bringt, in den Schuppen und schließt die Tür.

Das reflektierende Mondlicht von Marias feuerrotem Haar genügt; wandert mit jeder Bewegung von einem bleichen Körper auf den anderen. „Komm schon, da ist nichts dabei", bietet ihr Viola den angerauchten Joint an.

„Macht Richy das etwa auch?!"

„Du hast ein Problem, Maria."

„Hab ich das, Schätzchen?"

„Ja, hast du. Ich sag dir auch, welches."

Eine unmögliche Art, die Kleine; für den verwundeten Soldaten aber genau richtig.

Darauf so überhaupt nicht gefasst, lässt sie es einfach über sich ergehen, macht mit, bemerkt nicht einmal den ungewohnten Rauch, der ihr tief in die Lunge schießt, *diese Lippen,* als Viola den Joint mit Glut voran in den Mund nimmt und ihn fest, lang, *nicht aufhören,* auf Marias´ geöffneten Mund drückt und vielleicht nur kurz die Spitze einer Zunge ins Leere fühlt, ob sie erwidert wird.

Schwerer Rauch kriecht um die vielen Gerätschaften durch die Ritzen der Schuppenwand.

„Dann lass mal hören, schöne Unbekannte."

„Du schränkst deinen fuchsigen Schopf mit seinen eigenen Gedanken ein. Gönn den Anderen doch was." Maria verschluckt sich hustend am kratzigen Rauch.

„Täusch ich mich oder hast du beim Essen gefehlt?" - „Nein, das war *Highlight*. Schau, du stehst da, wo ich hinwill. *Ich* bin diejenige, die eben erneut an der Akademie versagt hat. Aber du hast dich bis zur Erschöpfung von der Erinnerung abgespalten - klebt dir quasi auf der Stirn. Vervollständig den Kontakt, den es braucht, wenn jemand zu dir will."

Den abbrennenden Tabak hören beide knistern. „Du hast mit Richy über mich gesprochen, stimmt´s?" - „Nein. Ich kenn nur deine Show."

Richard wässert die Büsche, als er und Hänger von Thomas rufend zurückgepfiffen werden.

Hänger sieht es nicht ein, warum er auf den Junior warten sollte und macht sich auf den Rückweg. „Kannst nicht kurz warten?"

„Sehe ich gar nicht ein, du Pisser. Ich will jetzt fahren. Wir sehen uns oben."

Sie sind weitergegangen, als gedacht.

Es zieht sich, bis er das Haus auf der Anhöhe sehen kann, durch den Garten abkürzt, den Stimmen aus dem Schuppen folgt und sich zu Maria und Viola gesellt, „habt ihr Privatparty?"

„Willkommen in der Opiumhöhle - letzter Zug gefällig?"

Hänger wirft Viola einen fragenden Seitenblick zu. Viola zuckt mit den Schultern, bevor er von Maria - die gerade das Gegenteil von allem tut, was er seiner verstockten Schwägerin zugetraut hätte – den angebotenen letzten Zug nimmt.

„Gianna hat übrigens die in Aussicht gestellte Flussfahrt nicht vergessen. Sie fängt immer wieder davon an, bevor es zu euch geht."

„Sowas merken sie sich immer. Ich bin gerade nicht im Fluss, ein Boot zu steuern", bedauert es Maria, dass mit ihrem Schwager die Stimmung wich, die zuvor mit Viola etwas Besonderes war, was sie *im Leben nicht* für den Abend auf dem Zettel stehen hatte. Klebstoff läuft zäh aus einer offenen Tube. Kaum den Stoff dafür; achtet Maria darauf, dass Violas Kleid davon fernbleibt.

„Andi", könnte sie anfangen, „eure Tochter hat den Ruf meiner Tochter ruiniert und sollte sie mir je auf einem Fluss begegnen, werde ich mich mit ihr zu beschäftigen wissen"; behält sie es aber in der Hoffnung für sich, am Grill noch Reste vorzufinden. *Und zwei Hühnchen gibt es auch noch zu rupfen.*

Wenn sie sich jetzt beeilen, müssen sie nur an dem wilden, schabenden Kratzen an der Schuppentür vorbei.

Ehrengast allein auf weiter Flur.

Richard geht geknickt auf das Haus zu und tut sich weiter schwer, Geräuschquellen korrekt einzuordnen. An einer Stelle ist die Hecke licht genug, auf den Gartenschuppen einzusehen, an dem Ivan auf den Hinterbeinen manisch und mannshoch scharrt.

Richard kürzt durch den Garten ab.

Hänger drückt die Tür samt Dobermann auf, der ihm und den Frauen vor Freude verrückt kaum den Weg freimacht. *Die Quelle ist ausgemacht.*

Nun liegt es schwer an der Situation, richtig einzuordnen.

„Junior, mein Lieblingskiller - da ist er ja!"

„Was wird das, wenn es fertig ist?"

„Spontanes VIP-Meeting."

„Aha - und ich gehöre nicht dazu; schon verstanden." *Dieser Mann hat die Front gesehen.*

Maria fasst ihm angedröhnt (aber umso wohlwollender) an beide Wangen, spricht ihm gut zu, „Kinders, seid lieb zueinander. Das war so ein schöner Abend. Sei stolz auf deine Freundin und gönn ihr das Meeting, Richy."

Eine solche Situation lange habhaft ausgemalt, erstarrt seine Miene angesichts der Wärme ihres Atems, ihrer Hände, in gespannter Ehrfurcht; mit Pusteln und nicht unangenehmem Mundgeruch ganz anders, als in seiner Vorstellung oder auf dem Bildschirm. Die Entfernung ist beträchtlich.

Schneller den Laufweg einschlagend, als er werfen kann, schleudert Hänger dem mitten durch die Prachtstauden durchstartenden Hund einen Stock, der heulend über das Hausdach segelt.

„Andreas, du bist doch der *Hänger*, oder? Darf ich mich bei dir einhängen, du großer, starker Müllmann?" - „Häng dich dran, Lieblings-Schwägerin." - „Du Schmeichelbolt, ich bin deine einzige Schwägerin!"

„Noch eine würde ich kaum packen."

Richard sieht Maria eine Spur zu lange nach, bevor sie sich bei seinem Dad einhängt und amüsiert mit ihm zum Haus geht.

Mit großen Flächen gelang es ihnen, Ruhe in den Garten zu bringen. Viola beobachtet ihren getroffenen Krieger noch so lange von der Seite, bis dieser ihren Blick sucht und beide sich zur Verabschiedung zurückbegeben.

„Keine Widerrede: es gibt noch Nachtisch", den die Welt schon gesehen hat, falls Nina daran vorbeikam. *Stimmt.* Der Kuchen ist auf ihrem Profil.

„Kuchen ist noch da", zeigt Richy nach Aufforderung den anderen das Foto auf seinem Display. „Du hast dir Mühe gegeben."

„*Findest du?* Sei nicht enttäuscht, wenn er schmeckt, wie gekauft. Also, ich habe Hunger und will nichts hören!", sieht Maria ihnen wiederholt in die Hände klatschend an, eigentlich aufbrechen zu wollen, aber die Anderen sind Zacken, die sie braucht, ein Star zu sein.

Anna hat auf Knien das Malheur am Boden übernommen. Es selbst zu übernehmen, hätte ihm gut zu Gesicht gestanden; aber diese Idee kommt ihm erst, als seine Frau wie aus falschem Nebel, der gemacht wird, an Hänger abgestützt endlich sieht, wo sie bleibt.

Viola zieht nicht weniger gut gelaunt den niedergedrückten Ehrengast nach; dessen schlechte Laune hier niemanden interessiert.

„Worüber lacht ihr?"

„Ich werde den ganzen lustigen Scheiß nicht noch mal erzählen", knickt er durch den Schlag in die Kniekehle mit dem triefenden Prügel im Maul des Dobermanns ein, der an Hänger vorbei die Mini-Marias stürmend ins Wanken bringt und mit gespitzten Batman-Ohren seine Belohnung einfordert.

„Auf gar keinen Fall: bring das dreckige Ding raus, Ivan!" *Das ist ja schrecklich.*

Erst jetzt nimmt Maria den einmassierten Schaum auf Giannas Schmutzspur wahr, die wie eine schwarzbraun nässelnde Wunde durch das ansonsten saubere Zimmer bis nach draußen klafft.

Der kleine Staubbot und Anna bemühten sich vergeblich, sie rechtzeitig zuzunähen.

Gern hat sie angegeben, von welchem Designer der Teppich stammt, aber in diesem Fall fällt es ihr gerade nicht ein.

„Setzt ihr euch hin. Ich serviere den Kuchen."

Der Hund darf seinen Stock behalten.

Den Abzug längst ausgelastet, tüncht dichter, schneller Dampf die Küche und den Abend ein und schürt die Schwüle weiter an. Maria nimmt Sahne aus dem Kühlschrank und stellt den Kuchen raus.

„Richy, mach dich nützlich", unterdrückt sie dem Soldaten den Befehl.

Richard stockt an der Kochinsel eng hinter ihr und inhaliert intensiv den betörenden Duft ihres feuerroten Haars. Er mustert jeden Zentimeter Stoff an ihrem Sommerkleid im Detail, nur knapp die bleiche Haut ihrer ausgeprägten Weiblichkeit bedeckend und rasch angehoben wäre.

Violas argwöhnischem Blick entgeht nichts.

„Was kann ich tun."

Maria wischt mit dem Handrücken Schweiß von der Stirn, beugt sich leicht vor, atmet mit der Konzentration ihres leeren Blicks auf den einwirkenden Schaum der Drecksschneise tief durch und stützt sich mit den Handflächen an der Kochinsel ab, nachdem sie Richard den Milchaufschäumer samt Aufsatz in die Hand drückt.

„Du musst es ganz fest reindrücken. Bis es *klick* macht, sonst funktioniert es nicht. Und wenn es geht: heute noch."

Richards Blick geht nach unten, wo er mit beiden Händen auf Hüfthöhe versucht, den dünnen Spiralaufsatz in die Fassung zu fummeln.

Erklärt seine Schulter, wenn er so auch mit Zündern hantiert, *es ist nicht immer einfach.*

„Entschuldigt mich kurz", stößt sich Maria ab und verlässt den Raum. Schwerer werdender Dampf nimmt zu. Von irgendwoher piept ein leerer Akku.

Ihrer ist es nicht.

Thomas fängt Gianna im Flur ab, die dreckig auf dem Weg ins Badezimmer ist.

Sie spreizt ihre Arme vom Körper ab und ist trotz all des Schlamms stark mit dem passenden Sitz ihrer Haare beschäftigt.

Um den Rest schert sie sich nicht.

Thomas gibt sich unbeteiligt, als wäre er eben zufällig gerade da. Versprochen, aber nicht gehalten, blättert er beiläufig den spröden Lack von Stellen ab, um die er sich kümmern wollte.

„Hey, junge Dame. Party wie im Teenie-Film, was?" - „Ja, kann sein." - „Ich lass dich auch gleich weiter, aber Gianna, was habe ich da gehört?" - „Woher soll ich wissen, was *du* gehört hast, *Hr. Tom*?"

Auf die Schlagfertigkeit des kleinen Mädchens nicht vorbereitet, muss er sich zwingen, nicht von seinem Vorhaben abzuweichen.

Gianna macht einen recht ungerührten Eindruck und wedelt desinteressiert ihre schmutzigen Arme hin und her.

„Von dem Vorfall in der Schule."

„Kinder müssen lernen, mit ihren eigenen Angelegenheiten klarzukommen." *Das leuchtet ein.*

„Ähm - ja."

„Noch was?"

„Wenn du es für dich behältst, verrate ich dir etwas." - „Sicher. Ich sag Nina nichts."

Er gibt zu leichtfertig Punkte ab.

„Ich finde gut, was du gemacht hast."

„Ach. Echt?", will sie was sagen, selbst nicht so gern gefilmt zu werden; aber er schlägt sich in dem kurzen Kameraschwenk am Ende des Videos ganz gut, in dem er nichts unternimmt.

„Ziemlich. Hat sie es verdient?"

Soweit hat er es – wenn überhaupt – bestimmt nicht gesehen. *Hat er was für später.*

„Kann ich nicht sagen. Kannte sie ja nicht."

Aber sie hat mich kennengelernt.

Nicht davon abhängend, bleibt das frühreife Früchtchen mit anzüglichem Wuchs von der Zustimmung ihres Onkels scheinbar unbeeindruckt.

Nur für einen Moment durchbricht ein gehässig provokantes Lächeln die völlig fehlende Empathie mit ihrem Opfer. Thomas, der sich fragt, was mit Gianna falsch läuft, bekommt etwas zu tun und überdeckt seine aufkommende Erektion so unauffällig schnell es ihm möglich ist.

„Warum sagst du so etwas?"
„Es macht mir eben Lust."
Aus dem fernen Lichtschein der Küche ist Maria zu hören, wie sie dem heiteren Lachen der Frauen an ihrem Rotwein verschluckend weiter Zunder gibt.
Gianna und Thomas registrieren es beide.
Keiner würde mitbekommen, wenn er ihr eine scheuert. *Eine wertlose Lektion für Aussage gegen Aussage.* Gianna will nur noch den Dreck runter und nachhause. Thomas nutzt diesen kurzen Augenblick, um sich ein Herz zu fassen und gibt sich verschworen, „aus euch soll doch was werden. Wie schaffst du das?"
„Immer brav machen, was mir gesagt wird?"
„Indem du vom Ende her so tust, *als ob*."

Viola, Anna und Nina finden nacheinander ihre Stühle für den Nachtisch, den sie von Richard, versöhnt, serviert bekommen.
Die Stimmung ist von erschöpfter Anspannung und dem Gefühl geprägt, sich jetzt ein Stück Kuchen verdient zu haben.
Wo ein Stück genommen wird, werden zwei weitere ersetzt. Der Soldat verzichtet auf Tarnung.
Die Hausherren machen sich rar.
Viola hält den Blick auf ihren Teller und wägt den Umstand ab, ein Kind am Tisch zu haben.

„Wo sind denn jetzt die Männer hin?"
„Na ja, ich bin auch noch da."
Anna schickt Nina nachsehen, wo Gianna bleibt. „Das ist so eklig." - „Der Kuchen, Süße?"
„Du würdest gern deine eigene Tante ficken", bleibt ihre Eifersucht fair genug, die Hausherren da rauszuhalten.
Ob dass, oder das amüsierte Lachen seiner Mutter (*meine Schwester. Köstlich!*) schlimmer ist, kann er später noch ausmachen.
Anna nimmt Violas Entschuldigung, das gesagt zu haben, zur Kenntnis und vergewissert ihrem Sohn aus allen Wolken, das nicht gehört zu haben.

Unter dem einfallenden Licht der hoch angebrachten Lampe tritt Thomas aus dem Bürozugang zur Veranda ins Freie.
Noch von einem ersten Entsetzen feucht, peitscht enttäuschend gering einsetzende Abkühlung um seinen Nacken, die auch diese Nacht tropisch zu werden verspricht.
Er zieht die Schiebetür hinter sich zu; vielleicht sogar endlich von der Scheibe zurücktreten, um den eigenen hinterlassenen Abdruck seit sehr langer Zeit zu betrachten, *wenn´s nicht zu spät.*
Im Badezimmer daneben wird geduscht.

Auch wenn man durch das Fenster vor dem Efeuabhang sehen könnte, ist ihm irgendwie die Lust vergangen. Er versucht weiter, den unerreichbaren Wolf zu erwischen.

Oder den Betreiber der Website. *Sinnlos.* Vielleicht die Bullen, vielleicht den Anwalt.

Der Grill gibt noch Wärme. Es war ausreichend. Die Neige hat geruht. *Auch kalt - ein Genuss.*

Nachher Hänger fragen, was er von der Theorie hält, dass sich Gianna ausgerechnet dessen Tochter rauspicken musste. Vielleicht war es nur idiotische Rache im Kurzschluss. Vielleicht werden sie sich Hilfe suchen müssen. Mit Nina reden, Gianna, den kleinen Filmemachern. Und seiner Frau, die das besser nie sieht - *kein Wort darüber.*
Ein Witz.

Er zögert, setzt sich auf die Stufen der Steintreppe zum Garten und zupft erschlagen Unkraut aus den Fugen. Die Nacht wird wolkenlos.

Die geäußerten Meinungen hinter Pseudonymen und Klarnamen von Frauen und Männern wie du und ich brechen trollend keine fünf Sterne über ihn herein und eskalieren erst in den Kommentaren unter dem Machwerk seiner Nichte so unerträglich laut. Für jemand im Verfahren nur in Maßen zu verwenden. Kein Rückruf geht ein. *Nichts.*

Zumindest auf seinem hat bislang niemand etwas gesagt.

„Hast du was gesagt?!"

Sie hält ein, um zu horchen, ob da was war.

Da eine Antwort ausbleibt, zieht sich Gianna weiter mühevoll auf einem Bein hüpfend die dreckigen Klamotten aus, um in dem pingelig sauberen Bad so wenig Schmutz wie möglich zu machen. Wie bereits auf dem Weg hierher, gelingt ihr das nicht besonders gut.

Jemand lauscht nicht weit vom Badezimmer, was darin vor sich geht, bevor Nina zu hören ist, wie sie den Flur entlangkommt und die Gestalt hastig, aber lautlos hinter der nächsten Wand verschwindet.

Nina klopft mit frischen Handtüchern an der Tür. „Hey G-Punkt, frische Handtücher."

„Was!?" - „Das heißt *wie bitte?* - frische Handtücher - liegen vor der Tür."

„Ich versteh kein Wort!"

Nina belässt es dabei, legt die Handtücher auf den Stuhl ab und hat ihren Kuchen-Job erledigt.

Das Versteck wird verlassen.

Den Korridor entlang, muss es schnell gehen.

„Nicht vergessen, auch hinter den Ohren zu waschen. Hast du alles, was du brauchst?", kann Gianna aus dem Zischen der Duschbrause nicht genau heraushören, wem die Stimme gehört.

Die können sich alle ficken.

Ich bin gleich soweit!

„Alles super."

Die Stimme entfernt sich besänftigt.

Dann macht sie sich daran, den vielen Schlamm von ihrer Haut abzuwaschen. Die Krusten durch die Hitze ziehen ihr beim Schrubben feine Armhärchen. Das schlickige Wasser wird vom verstopften Ausguss am Abfließen gehindert und staut sich langsam in der Duschkabine.

Finger sperren vorsichtig von außen mit einer Münze die abgeschlossene Badezimmertür auf und öffnen sie langsam. Die Scheiben der Duschkabine sind längst angelaufen. Ein Glas voll kaltem Wasser schiebt sich an der öffnenden Badezimmertür vorbei. Das Kondenswasser staut sich am Fensterrahmen. Gianna kann mit der Seife in den Augen nichts sehen, „ist da jemand?"

Eine Hand schiebt das Glas über die Duschtrennwand und kippt es sachte und langsam über ihren nackten Körper aus.

Das kalte Wasser läuft ihr über Kopf und Rücken, bevor der Rest in einem Schwall auf das kreischende Mädchen gegossen wird. Gianna dreht sich mit Händen und Füßen vergeblich dagegen wehrend um und gibt den Blick auf ihren überdurchschnittlichen Brustwuchs frei. Das Glas - schockartig losgelassen - rollt über die Kante der Duschtrennwand und zerbricht auf dem Kabinenboden. Gianna rutscht auf dem glitschigen Seifenwasser der glatten, strukturierten Duscheinlage in die Scherben aus und knallt mit der Stirn voran gegen den Wasserhahn. Der kurze Ton des Aufschlags fällt dumpf und unauslöschlich aus.

Ihr Blut vermengt sich rasch mit dem aufsaugenden Schaum des abrinnenden Seifenwassers, sich vom Kopf des reglosen Mädchens in den Glasscherben durch das vertiefte Muster der Duscheinlage hindurch seinen Weg in den Ausguss bahnend.

Verhalten, selbst als zu verändernde Störgröße; behält Verbreitung von Fehlinformation auch ahnungslos ihre Fahrlässigkeit bei.

Nur dann, wenn sich Anschuldigung als falsch herausstellt, darf offengelegt werden.

Schwer und kontinuierlich Haltung abblätternd, verkneift sich die Klientin unter kopfschüttelndem Schweigen die Tränen, denen die sichtlich anteilnehmende Dr. Allbach mit gezogenem Taschentuch zuvorzukommen versucht. Mit einem Mikro in der Hand, könnte es die Halbzarte zur Seite legen, sie kurz streicheln kommen und ihr sagen, dass sie es doch bisher ganz prima gemacht hat, *aber sie weiß es selbst:* hier geht es längst nicht mehr darum, es prima zu machen.

Ohne Umstrukturierung von Gedankengängen - dem Wesen störungsspezifischer Rehabilitation - wird es nicht gehen. Löschung und Modulierung setzen einer gewünschten Reaktion Kontingente frei, Veränderung integrativ zu verstärken.

Vielleicht bleibt etwas davon für später hängen.

Tröstend durch den kostbaren Duft der Promovierten nach dem Harz der Zistrose getrieben, erinnert sich die Klientin bei aller schweren Verzweiflung daran, wie gut es dennoch tut, Frau zu sein.

Ohne sich um die Bewilligung zu scheren, zieht sie eine Zigarette aus der Handtasche, zündet sie gierig an und fährt mit deutlich gesenkter Stimme fort, „es hat seinen Preis, um nicht Gefahr zu laufen, einsam und allein sein zu müssen."

Die im Energiediagramm dargestellte Übertragung zwischen den Partnern liegt unter Abgabe und Aufnahme stets gekoppelt vor; aber für sie sind es bunte Kreise aus unterschiedlich großen Stücken. Ein Loch in die Mitte eines weißen Blatts bohrend, zweckentfremdet sie den Briefbeschwerer, um etwas für die Asche zu haben.

Die Medizinerin nimmt ihr die Zigarette ab, löscht sie in ihrer schönen Deko *ohne bisherige praktische Funktion* und beugt sich über die Klientin, die darum bat, sich auf die rutschfeste Gymnastikmatte legen zu dürfen, bis es wieder geht.

Die späte Nachmittagssonne zieht die Schatten in die Länge, „die letzten Sonnenstunden - und Sie sitzen beim Therapeuten", versucht sie vergeblich, ihren Termin aus ihrem momentanen Tief zu federn. „Verzeihen Sie, dass musste kurz sein."

Ihre Handfläche senkt sich mit keiner Berührung auf den Bauch ihrer Klientin, die sich so weit von der Leine gelassen hat, sie danach vergebens wiederzufinden. „Lassen Sie all das, was Sie bereits dargelegt haben genauso hinter sich, wie auch im Alltag viele Dinge und Ereignisse hinter sich gelassen werden und versuchen Sie, dieses Gefühl an die Hand abzugeben."

Ruckartig fauchen schwarze Flammen unbeständig durch Zistrosensträucher. Dr. Allbach sieht gespannt auf ihre Klientin hinab.

Wenn sie diesen Weg weitergehen, kommen sie der Frage näher, *warum haben sie das nicht gleich gesagt? – und* vielleicht pünktlich raus.

„Lehnen Sie sich zurück und lassen Sie den Dingen ihren freien Lauf. *Ist Ihnen das möglich?"*

Die Hand der Doktorin bewegt sich sachte mit der Atmung des Bauches einher. Von draußen ist das Aufheulen einer Kreissäge zu hören.

Ebenso ein Lift, der nach unten fährt.

„Nehmen Sie meine Einladung an. Blenden Sie aus, was Sie umgibt: das Sägen, den Lift, die Person bei Ihnen - *mich."*

Info, die sich in kein Schema fügt, ist einprägsamer. In den statistischen Aufzeichnungen fehlen Felder, um die Unterbrechung ihrer von Berufswegen verzahnten Identität der Klientin auswertend zu erfassen; verhalten sich aber Gewalt über das eigene Verfahren abgebend, als seien sie vollständig. Die Fenster verdunkelnd, hüllt sich der Raum bündig in beigen Hochflor ein. Die verschwindend schmaler werdende Lichtschneise lässt aufsteigende Rauchschwaden ahnen.

„Was sehen Sie, wenn sich der Rauch verflüchtigt?", senkt die Allbach Eiter empordrückend einen Finger in die offene Wunde, ohne die Bauchposition ihrer Hand zu verändern.

Steigendes Wasser vermengt sich mit Blut.

„Wenn Sie auch dieses Gefühl abgeben?"

Das Blut vermengt sich mit Seifenwasser und umfließt Scherben eines zerbrochenen Glases.

Wir kommen der Sache näher.

„Nun geht es darum, etwas zu erlauben."

Dr. Allbach legt sich neben ihre Klientin auf den Boden. Ihre schwebende Handfläche wandert vom Bauch unter den Nabel. Mit der anderen Hand greift sie ihr in den Nacken unter ihren feuerroten Haaren und stützt leicht ihren Kopf.

Die Klientin verliert die Konzentration, reißt die geschlossenen Augen weit auf und blickt die Doktorin entschlossen an, „ich bin ein schlechter Mensch."

„Wie kommen Sie darauf?" - „Weil ich ein schlechter Mensch bin, der Strafe verdient."

„Von *mir* werden Sie keine bekommen. Wieso *Strafe*?" - „Ihr Zustand wird nicht mehr."

Ihrem einnehmenden Duft im eigenen Nacken nie näher, findet die Klientin in der stützenden Hand der Allbach Verständnis vor.

„Aber genau deshalb kommen Sie hierher. Um dieses Stück gemeinsam zu gehen. Und falls ich es Ihnen noch nicht gesagt habe: *es ist mir, ganz aufrichtig, eine Freude.*"

Wir alle haben Konzepte, bis diese irgendwann uns haben. Subjektive Ungleichheiten verfestigen sich da über kurz oder lang. Selbst wenn sie sich als falsch herausstellen, werden jene, von denen wir abhängig sind, mit Absicht für richtig gehalten.

Ihre beständige Logik bemüht sich bis zur Aufgabe, den Sturz in die Scherben an einer Kette unglücklicher Umstände irgendwie abzufangen, um überhaupt noch klarzukommen.

In der Zwischenzeit passierte nichts, was die Aussicht auf einen Ertrag hätte erhöhen können.

Das Einzige, was sich verändert hatte, war die Geltungsdauer eines kleinen, unüberlegten Entschlusses, deren Laufzeit sie vollständig zu erfüllen haben wird.

Wovon die eine noch weiß, wie heute, hat der andere nie gehört.

Die Doktorin gleicht den Wechsel unter ihrer Handfläche bedrohlich verführerisch dem Ablauf einer Atmung an, die sich lange am Riemen reißen musste, keine weiteren Energien in tiefere Gefilde zu lassen. „Wir haben keine Ahnung, wie Scherben in die Dusche kamen. Um es uns selbst zu erzählen, müsste sie aufwachen."

Ihren nächsten Termin stützend, wie sie es mit der Klientin zuvorgetan hat, lässt Dr. Allbach den Hinterkopf auf die harte Matte knallen, entschuldigt sich, „das ist mir das ersten Mal passiert"; aber für dieses Mal ist ihr die Spaßmacherin durch die Lappen gegangen.

Ein Güterzug donnert einsam durch die Nacht.

Ivan, an der Leine, das Maul notdürftig mit dem Schlauch ausgespritzt, bleibt nur ein kleiner Radius, ihn anzukeifen. Um den Hund wird er sich später bald kümmern. Er bringt ihn weg.

Sie werden ihn nicht einschläfern.

Eine Rundumkennleuchte tüncht die Küche mit Richard, Viola, Nina, Hänger und Maria durch das Fenster in einen umlaufenden, blauen Lichtkegel.

In dieser verbleibenden Runde kennt nun jeder das Vergnügen, nicht von einer Party zu können, auf der man nicht sein will.

Aufgestautes sammelt sich lösend.

Selbst erschöpft mit Müdigkeit ringend, versucht Viola behutsam, Richard aus seiner benommenen Untätigkeit zu holen, der ihr kaum noch in die Augen sehen mag.

„Komm, lass uns fahren."

„Bin ich böse, wenn ich sage: das war wegen eurem kleinen Filmprojekt?", leitet von sich überzeugte Dichtung Differenzen ein, die Desastern zwangsläufig folgen. *Mein liebes Kaliber.*

„Es war ein Unfall. Papa hat sie gefunden", bleibt es, direkt konfrontiert, Ninas letzter Kommentar.

Kritik von dort, wohin man hinaufsieht, würdigt verstiegen herab. Bewegt und aufgelöst der mütterlichen Aufforderung folgend auf ihr Zimmer zu gehen, nimmt sie Marias Herz mit, dass ihr ihr *Papa* aus der stolzen Brust riss.

Ihr Held Richy, der verkappte Mutterficker, sieht ihr nicht nach, was ihr zeigen könnte, dass alles vielleicht nicht so gemeint war.

„Was hatte er im Badezimmer verloren, wo meine Schwester duscht."

Die Annahme, der Sheriff habe sich höchstpersönlich ein Problem genauer angesehen, überlastet Hänger weniger, als das für einen Moment den Verdacht in Betracht ziehende Schweigen der Anderen. Eigentlich hat er es Ninas Blödheit zu verdanken, dass seine Tochter gefunden wurde, bevor der Hund nichts mehr von ihrer Ansicht übriglassen konnte. *Aber noch wissen sie nichts.*

„Reißt euch zusammen, *meine Fresse!* Wie es auch passiert ist; es ist passiert. Aber der Chief - ausgeschlossen. Wir waren im Keller."

„Im Keller - ", verlangt die rote Medusa nach einer Ausführung, was sie dort verloren hatten.

Hänger führt aus, wie der Sheriff – irgendwie genau diesem Verdacht zuvorkommend, den sein Sohn eben äußerste - die Kellertür hinter ihm schloss und wissen wollte, ob zuhause über die Arbeit gesprochen wurde.

„Mehr nicht", lügt er.

Sie wollten Sektnachschub holen. Und dann: *Peng!*

Ihren Disput behält er für sich.

Ebenso die Theorie des Sheriffs, ob Gianna sich aus Rache die Tochter von Wolf und Eva ausgesucht hat; was aber nicht sein kann, da er kein Wort darüber verlor.

„Du Flasche hast Anna noch nichts gesagt", schaukelte sich die Unterredung rasch hoch.

Sachte wie Sanduhrsand rieselnd, knisterten auftauende Eiskristalle. Noch gefroren, waren die beiden letzten Flaschen Prosecco auf der Tiefkühltruhe nicht zu gebrauchen; und er hat sich noch gefragt, wessen glorreiche Idee das war.

Dann hat der Sheriff angefangen, die Ornamente an einer der Flaschen zu lösen, „erzähl nicht, du hast noch nichts gefunden." - „Auf der Suche, aber das ist nicht so einfach."

„Musstest du unbedingt, wohin hat dich - "

„*Du* hättest diese Leichenfledderei melden müssen. Aber da hätte es jemanden mit weniger dünner Haut gebraucht, *so sieht es aus*."

Eine Seite fast geschafft, baumelte bereits die Hälfte der Ornamente von der gefrorenen Flasche, „scheiß die Fässer an, Andi: deine Tochter hat sich seine Tochter vorgeknöpft und die ganze Welt kann es sehen." *Weiß nicht, ob wir das wieder in Ordnung kriegen.*

Hänger erinnert sich des Weiteren daran, wie er mit der Beherrschung zu ringen begann, näher auf seinen ehemaligen Vorgesetzten und Schwager, der ihm gar nichts zu sagen hat, zukam, sich tief durchatmend eines Besseren besann und der in seiner Situation erforderten, rationalen Logik den Vorrang gab.

„Dir ist klar, woran medizinische Versorgung gekoppelt ist?", ließ ihn Thomas nicht vorbei.

„Ich finde schon was, herablassendes Arschloch. Keine Bar mehr, keine Tür."

Wer wen in die Enge trieb, als ausdehnende Kohlensäure die schöne Flasche in seiner Hand platzen ließ, war in dem Moment egal, aber Maria bedauert, sie nur der schönen Ornamente wegen überhaupt gekauft zu haben.

Was haben sie nur all die vielen Jahre in Anna übersehen, dass sie selbst in ihrer stillen Verzweiflung auf dem Beifahrersitz des Krankenwagens den Sanitäter am Steuer soweit verleitet, ihr ein Kompliment auszusprechen; ohne dass es bei all der Tragik und fehlenden Übersicht unangebracht wirkt.

Thomas lässt sich hinten neben der reglosen Gianna an der Krankentrage vom Sanitäter die verwundete Hand versorgen, nachdem sie ihre erheblichen Wunden versorgten, wie sie konnten.

Mit dem roteinfärbenden Verband vor Augen ginge das sowieso nicht, aber nun, mehr denn je, will, *nein, muss* sie ihrer Tochter in die Augen sehen. Der Sanitäter nach vorn zu Anna, „ist das ihre Tochter?"

Thomas blickt auf Giannas anschwellende Kompresse, erkennt seine Gelegenheit, seiner eigenen Infektion entgegenwirkend frei von Schuld zu werden und zögert nicht weiter.

„Ja, das ist unsere Tochter Nina", kommt er seiner Schwägerin zuvor, die sich ruckartig umdreht und ihn entgeistert durch das Kabinenfenster anstarrt. „Wie ist das passiert?"

Ihr Schwager, von dem sie nicht verstehen kann, warum er behauptet, dass es Nina sei, schildert, dass er sich tief geschnitten hat, die Wunde im Badezimmer versorgen wollte und bei laufendem Duschkopf sofort den Hund von ihr wegzog, der unter den gebogenen Silhouetten der Palmen kaum von der blutenden Stirn ihrer Tochter abzubringen war. Und dass er auf keine Idee kommt, wovon die vielen Scherben stammen könnten. Blaulicht überstellt die Dunkelheit.

Aus einem gegenseitig ergänzendem Erweitern zusammengetragen, an dem jegliche Veränderung Ansatz für weitere Veränderungen bietet; liegt jede Hängemappe des Falls gesammelt vor ihr, um im Kreis ausgebreitet einen Überblick über die einzelnen Resilienzen zu bekommen, der ausführlich dokumentiert die Strategie sucht, die mit dem anvisierten Plan nicht vereinbar ist.

Ziel und Vorsatz kommen später.

Auch diese Aufgabe mit Stil meisternd; wird statistisch im Nachtrag ermittelt, wie der jeweilig zutreffende Wert investiert/beglichen werden kann. Dr. Allbach nimmt die Brille ab, schließt die Akten vor sich, um jede Ablenkung der Bestandsaufnahme auszuklammern und korrigiert die Ausrichtung des Briefbeschwerers.

Die Essenz des Amberbaums folgt ihr 360° um den Schreibtisch wie flüssiger Bernstein, der schlagartig die Erkenntnisse einhüllt, die sich ihren Klienten tiefgehend verflüchtigen.

Sie beginnt mit dem jungen Mann, der den Fall nicht nur durch seine Empfehlungen überhaupt erst ins Rollen brachte, ihre Erinnerung an die Sitzungen im Diktiergerät aufzurufen.

„Der Druck unbewusster Triebkräfte wird gewöhnlich rationalisiert, um sie vor dem Verstand zu rechtfertigen."

Da ist kein Weg zurück. Einem Ideal nachgeeifert, bis es auf ein anderes Ideal traf, die es beide nie gab; hat er es zwar, aber nicht er entscheidet, wer im Freien mündet und wer nicht.

Wenn man etwas gefunden hat, was aus der Brust direkt in den Arm geht, bleibt man dabei.

„Es gibt Dinge, die kann man nicht läutern", verteidigte der zurückgekehrte Klient seinen Einsatz und fügte die Vermutung an, dass seine moralischen Auffassungen wahrscheinlich einfach weniger schwach seien als ihre.

„Ich weiß also gar nicht, was alle haben", kannte er die Doktorin da schlecht.

Zweifellos wollte der achtlose Veteran nur abgreifen, was ging, aber ihre neue Vorliebe, zu geringen Anlässen diskrete Waffen zu verschenken, verdankt sie ihm.

Nicht frei von Charme, gelang es ihm auch, sie im Laufe des gegenseitigen Abtaxierens für ihn zu begeistern - doch Recht richtet sich auf unmittelbare Notwendigkeiten – sie wird ihm die ersehnte Einstufung nicht erteilen, um sich jung im Zorn zur Ruhe setzen zu können.

Trotzdem ist er der Sohn seines Vaters, der unterschiedlicher nicht sein könnte, wie die vorangegangenen Sitzungen mit ihm zeigten.

Nach dem Verlust der einzigen Tochter, nahm die tätowierte Hand erstmals ihren Briefbeschwerer vom Schreibtisch und war seither dahinter, es bei seinem Sohn nicht auch schleifen zu lassen, bis von den Zügeln nichts mehr übrigbleibt.

Dr. Allbach spult das Gerät auf die Wechselreden mit dem bunten Muskelberg zurück.

„Sie scheinen sich in keine Richtung zu suchen."

„Es gibt Wichtigeres. Ich würde gerne etwas Gutes tun, weiß aber nicht mehr, wem."

Durch das digital Soziale deformiert, immunisieren analoge Sorgen.

„Ich werde etwas finden, wenn sich alles beruhigt hat; oder was denken sie, was passieren müsste, mir die Arbeit ausgehen zu lassen", fragte der Müllmann die Psychologin, die ihn auf seine überhebliche Art hin das Gleiche fragen könnte.

Selbst wenn alle bis auf zwei gefressen sind, wird hinterher jemand saubermachen, der sich unterhalten will.

„Also freu ich mich besser über jeden Fick, lass mich nicht erwischen und zieh niemand mit rein. Auf den Rest ist geschissen."

Es war ein Vergnügen mit ihm.

Er war der erste Klient, mit dem sie sich gegenseitig den Briefbeschwerer durch die Konsultation hin und her werfen konnte, ohne den richtigen Moment auflauern zu müssen, wann ein Pass parat abzufangen war. *Er stand ja dahinter.*

Ein solch ausgesprochener Mann an ihrer Seite, den sie ursprünglich mit zehn Pferden darum bitten musste, sie in die Praxis zu begleiten, nimmt dem Umstand, nirgends niemanden etwas schuldig geblieben den höchsten Preis gezahlt zu haben, von seinem enormen Nachdruck, wieviel er kann.

„Warum geht es so oft in genau die Richtung, die man gegenzusteuern versucht?"

Jetzt erst recht nicht das Styling ihres neuen Schnitts vernachlässigend, ist es für diese Klientin schwerer geworden, um jede Form zu kämpfen, die ihren Verlust, ohne Vorwürfe, bei den eigenen Kindern versagt zu haben, anerkennt.

Pinsel füllen schließlich auch, wenn gestrichen wird. Die Flüstervideos, die sie - neben diesem grausamen Schulfilm - auch gemacht hat, von denen aber niemand wusste, wurden erst im Zuge der Aufarbeitung entdeckt und helfen ihr dabei.

Ihre tote Tochter hatte die immensen Zahlen für sich behalten, die den entspannungssuchenden Zugriff auf ihr nächtelanges Flüstern in die Kamera belegen.

Wenn sie ihnen sowohl dieses, als auch jenes *und wer weiß, was noch* verschweigen konnte, nagt die ungewisse Vorstellung, das eigene Kind nie genug gekannt, verstanden und soweit für sich erfasst zu haben, um sich überhaupt von ihnen retten lassen zu wollen. Was sie in dieser einen Nacht, in diesem einen Leben nicht geschafft hat, kann sie nicht aufhören, in den Aufnahmen wieder und wieder unerwidert zu versuchen, aufzuholen, *Gianna in die Augen zu sehen.*

Zeitlich versetzter Zugriff auf Ressourcen erhöht die Ausbeute der Lücken, die sich nicht schließen lassen wollen. Das Band endet und das neue beginnt mit dem Machtmenschen, der bei all seinen jovialen Investitionen nicht verhindern konnte, herbe Verluste einzufahren.

Die steigenden Pegelstände des Wundwassers brachten die Kurse zum Überlaufen. *Hoffentlich steht man dann auf der richtigen Seite.* Der Meister weniger Worte schmatzt sich durch den überwiegenden Teil ihrer Aufzeichnungen.

„Stellen Sie sich vor, die Loyalität wäre ein Mensch. Was würden Sie ihn fragen?"

„Wo warst du, nachdem es darauf ankam – ", ist genau die Stelle, an der die Doktorin zu den Sitzungen seiner Frau spult.

„Das hat er gesagt?!", findet der Suchlauf die bei aller Empörung verführerische Stimme der Moderatorin aus dem Verkaufskanal, „er ist ja das Opfer. *Dieses Arschloch.*"

Unter dem Knistern war Schweigen.

„Ach, denken Sie sich nichts: in seiner Lust und seinem Begehren ist kein Mensch verlogen. Man generiert sozusagen von vornherein einen Standpunkt, der ein verlorener ist. Aber was wünschen Sie sich für die kommende Zeit?"

Neulich erst lief die Episode wieder, in der die Klientin selbstheilenden Kunststoff anbot, den sie sich gleich für den eigenen Drucker besorgen musste.

Die daraus entstandene Figur brachte sie in diese Sitzung mit und brach sie ebenso schnell auseinander, wie sie die Miniaturfigur von sich selbst nahtlos wieder zusammenfügte - *unter hitzigem Druck war der Schaden nicht gewesen.*

„Mädchen, die sagen, sie wünschen sich gar nichts, kriegen mehr, als andere."

Dr. Allbach setzt sich wieder und lauscht der Suche nach den richtigen Worten, der die Klientin vom Thema ablenkend zuvorzukommen versucht.

„Ist es nicht komisch oder geht es nur mir so, mir bei all meiner Spleene zu denken, dass es überhaupt keine Spleene sind, sondern ich das nun eben dieses eine Mal so mache, wie ich es mache - all die vorherigen Male zählen nicht", brauchte die Doktorin etwas, die gesuchte Stelle zu finden. Sie wich viel aus.

Bis sie an diese Stelle kamen.

„Etliche stoßen nur, um den Fall zu sehen."

Der Summer des Türöffners kündigt ihren abschließenden Termin genau pünktlich an, für den die gesuchte Stelle gedacht ist.

Das rauchende Holz ihrer Basisnote zergeht schwerlich, nur um gleich wieder aufzulodern.

„Sie machen sich keine Vorstellung davon, was das Leben in mir angerichtet hat", entgegnet die Klientin, auf die abgespielte Auffrischung aus ihren früheren Sitzungen angesprochen, vehement.

Bei all den verteilten Umarmungen vorsichtig geworden, sich nichts einzufangen, setzt Dr. Allbach eine Runde aus.

Manchmal – *es sollte doch nur ein Spaß sein* - hält man die Dinge schlicht nicht fest genug.

Die Klientin wehrt sich mit Händen und Füßen in ihrer Unbeweglichkeit und allem in ihr vergeblich gegen den freien Blick auf überdurchschnittlich Entwickeltes, dessen feiger Neid sie nicht mehr mit den Fingern auf dem glatten, strukturierten Lederbezug wie kurzes, dumpfes Aufschlagen trommeln lässt; was die vorangegangenen Sitzungen hindurch ihr nervenbeanspruchendes Markenzeichen war. *Was musste sie sich zusammennehmen, um nicht zu kichern.*

Sie findet keine Antwort darauf, in diesem Augenblick noch die mit Ninas verglichen zu haben - *was ist da falsch gelaufen, wenn bei mir, meiner Schwester, ihr; aber nicht bei meiner Tochter* - warum sie panisch aus dem Zimmer stürmte und bis jetzt nicht sagen kann, wie sie das tun konnte.

Und dass der Hund Türen öffnen kann – *sie dachte an alles, aber nicht daran.*

Tiefen entstehen auf Oberflächen.

„Eines sag ich ihnen, Fr. Doktor, und wenn ich sie mit Bett und Monitor hätte hinbringen müssen: ich bin ihr eine Flussfahrt schuldig geblieben."

„Sie haben mir nie erklärt, was es damit auf sich hat."

Dabei wird es das früher viel zur See gefahrene, leuchtfeuerrote Nordlicht auch belassen.

Wenn sie etwas aus der Praxis für die Praxis mitnimmt, war es, machtlos Dinge nur festhalten zu können, wenn sie auch genommen werden, wie sie sind.

„In und auf dem Meer vergisst man alles. Es gibt keine Sorgen, die es mit ihm aufnehmen könnten", vergröbert die Klientin froh, davongekommen zu sein, nicht über ihre ausbleibenden Rollen mangelnder Drehbücher reden zu müssen.

Manchmal reicht es aus, kurz mit einer schönen Frau über seine Probleme zu sprechen.

Eine, die scheinbar nicht altert.

Ihr Haar streng zu einem Zopf hochbindend, bereitet sich die Klientin vor, zu gehen.

„An irgendeinem Punkt habe ich wohl beschlossen, mich vom Leben weder überraschen noch brechen zu lassen. Daran bleib ich dran."

Spät ist es geworden.

Ein Lob bleibt aus.

Dr. Allbach beendet die kleine, runde Stunde Familienkunde und begleitet sie nach draußen.

„Ach, warten Sie einen Moment", kehrt sie nochmals um, um ihrer Klientin ein kleines Präsent nachzureichen.

„Sie war so lange nicht hier; bitte geben Sie das Ihrer Schwester. Sagen Sie ihr, dass es mir leidtut – ich habe es nicht vergessen."

„Oh, da wird sie sich freuen!"

Geschenkpapier und Schleife reichen nicht aus, den angenehm schweren Duft von siamesischen Benzoin zusammenzuhalten.

Die Kuh schenkt Anna ihr verdammtes Parfum.

Auf den Blütenstaub des Blumenbuketts am Tresen deutend, bittet die Doktorin ihre Sprechstundenhilfe, den ewigen Abdruck ihres Daumens endlich zu entfernen. „Das wäre dann alles."

„Sicher. Ihr nächster Termin hat abgesagt."

Wegen der Fässer.

Noch ein Problem, wo´s ans Eingemachte geht.

Schweigepflicht und Unschuldsvermutung - für eine Lüge, die aufgehen kann, beide zu lang - teilen sich die Kosten für Innenbeleuchtung auf und eine darf der anderen dabei Forderungen eintreibend nachgehen, für ihren Anteil aufzukommen.

Samt ihrer bewegten Vergangenheit, verabschiedet Dr. Allbach die attraktive Attentäterin, die von ihrer Tochter bereits erwartet wird, mit einem Lächeln, wie es einzigartig ist.

Wege befreiter Gefangener eigener Vorlieben für ein Weiterkommen freigelegt, wird es für sie an der Zeit, ihrer eigenen Route nachzugehen.

Die Scheiben vom vielen wartenden Rauch schon angelaufen, wird die letzte Zigarette im Freien geraucht.

So eine Behandlung ist eine langwierige Angelegenheit. Der Mercedes auf dem Parkplatz vor der Praxis hat bessere Tage gesehen.

Nina beobachtet ihre Mutter, wie sie sich auf dem barrierefreien Aufgang von ihrer Therapeutin verabschiedet, schnippt die Zigarette in das getrimmte Grün der angrenzenden Anlage und lässt die Fingergelenke krachen.

Noch immer das unbeaufsichtigte Kind, was *sie* nie gewesen ist, vollzog sich der Rollentausch für die gealterte Schauspielerin über die eigenen Fußstapfen.

Hätte die Klientin nichts gesagt - sie hätte das junge Mädchen nicht mehr erkannt.

„Und, Schatz, glaubst du es jetzt? Sieht sie ihr nicht verblüffend ähnlich?"

„Ja, Mum. Wahnsinn. Aber fang nicht wieder davon an. Es muss gemein sein, einer Berühmtheit zu gleichen; nur der Mensch darunter, den alle kennen und niemand sieht."

Maria nimmt hinten Platz und lockert ebenso knackend ihre Fingergelenke.

Sie hat sich all die Zeit über an den Rat ihrer Therapeutin, ihres Exmannes und überhaupt allen gehalten, sich den immens wichtigen Gefallen zu tun, es sich *nicht* anzusehen.

Wo sie aber daran dachte, dass die Doktorin Nina eben das erste Mal seit dem Video sah, würde es sie nun doch brennend interessieren, was denn nun explizit darauf zu sehen ist.

Angst reguliert keine Gefährdung, aber es spricht auch niemand mehr darüber.

Töricht von ihr, zu glauben, eine bislang ungenutzte Möglichkeit würde es lange bleiben.

Gerade Sie sollten sich darüber freuen, wenn man es einfach mal dabei belässt.

Oder, finden Sie nicht?

Immer noch keinen vorsichtigeren Umgang pflegend, reißt Nina die Autotür auf, setzt sich ans Steuer, schnallt sich an und sieht verwundert ihre Mutter im Rückspiegel an.

„Mit wem redest du da, Mama?"

Maria erträgt den erwartungsvoll, fragenden Blick, bis die Anforderungen für ihre gertenschlanke Tochter wechseln, auf die es (ohne den Schattensprung gleich zu bereuen) anständig zu reagieren gilt, „lass dir lieber Titten wachsen, ja - dann können wir weiterreden."

Ein verirrtes Summen sucht den Ausweg.

Nina wundert auch das nicht mehr.

Gewohnt, ungefragt Brände zu hemmen, geht ihr davon kein Knopf mehr auf.

„Ich mach alles, was du sagst. Hier, ich habe deine Sachen bekommen", legt Nina die angehobene Tüte im Fußraum ab, startet nicht gleich beim ersten Anlauf den Motor und reiht sich in den Verkehr ein. *Also - Titten wachsen lassen.*

Maria möchte von ihr daran erinnert werden, an diesen Häusern nicht mehr entlang zu müssen.

Weder von der einen noch der anderen Seite legen sie durch wenig Wald eine neue Strecke an den kleinen Ort fest, der übersetzt auf die Aufforderung zurückgeht, *keine Angst zu haben.*

Lange nicht dort gewesen.

Nina reicht ihrer Mutter aus der Tüte ein rotes Öllicht mit der Bitte, lieb zu grüßen, sie aber zu entschuldigen. Sie warte im Auto.

Sie kann nicht.

Alles beim Gleichen.

Seit der Beisetzung hat sich nichts verändert.

An dem Punkt, an dem sie damals standen, haben sie von vorn begonnen.

Den großen Bogen entlang von einer mentalen Siedlung in die folgende; nimmt alle Energie, die jede Art von Leben ausmacht, andere Formen an - bleibt letztlich aber erhalten: Gedanken wie diese gingen ihr durch den Kopf, als sie mit ansehen musste, wie sich mit dem viel zu frühen Sarg der statistische Balken ihrer eigenen Lebenserwartung weiter nach unten senkte.

Klagendes Wimmern legte sich über die Stille, die sich kaum merklich mit Insekten füllte.

Nur der Schrei eines Vogels überlagerte ihre Wehmut, der klang, als wolle er sie zurückpfeifen, nachdem die Grabrede gehalten war und sich alle zum Essen begaben, wo man untereinander die Auflösung eines jungen Menschen organisierte:

Die Frauen nahmen sich der Formulare an, die ausgefüllt werden mussten; die Männer kümmerten sich um den digitalen Nachlass *und ihr verweigerte man, den Hund einschläfern zu lassen*.

So setzten sich Prioritäten.

Vielleicht wird ihr irgendwann die Dauer bewusst, die es in Anspruch nimmt, bis ein Mensch wirklich aus dem Leben geschieden ist.

Doch selbst von uns gegangen, bleibt er ein Teil von uns – und so wussten sie lange nicht, für wen der Grabstein eigentlich ausgesucht wurde.

Der vernachlässigte Wuchs der ausgesuchten Sorten ist der niedrigste; *aber das Drama steht in einem anderen Buch.*

Es ist frisch geworden.

Ihre Mutter lässt Ninas Geduld weiter im Auto auf sie warten. *Nichts hat sich geändert.*

Nach einer Weile geht sie entgegen, wo sie nicht hinwollte und führt ihre Mutter liebevoll an den Schultern vom Grab der gebrochenen Herzen fort, „hattet ihr euch viel zu erzählen?"

Angehalten, Korrekturen vorzunehmen, welche die Brenndauer des zurückgelassenen Lichts weit in den Schatten stellen, dreht sie sich um, um sie zu sehen, wie sie sich nach ihnen umdrehen würde, um ihnen nachzusehen.

„Nein", schenkt sie ihrer Tochter ihr dankbarstes Lächeln, gefragt zu haben.

Das war nur für Sie.

Danksagungen

Der Autor dankt - neben dem AAVAA Verlag, Alfred, Andreas, Anna, David, Donna, Erik, Fakultät für Psychologie Wien, Giga, Gudrun, Ingrid, Joe, Jonathan, Karim, Maria-Anna, Maxens, Oliver, Petra, Philip, R*, Romy, Sophie, Steven, Trent, TWENTYSIX, Ursula, Wolfgang und den Hunden Cheeky, Fanny, Rodney, Lola, Lora, Palma, Annie-Sue, Leeroy und Marty
- vor allem seinem Leser.

Klar braucht es nicht so viele, ein Buch zu machen, aber in diesem Fall, *ohne Euch – tja.*

Die *Drainage in drei Noten* erörtert, wie psychologische Aspekte von Macht und Abhängigkeit Begehren und Fallhöhen bedingen können.

Sie erzählt von einer Familie, die sich bei Psychotherapeutin Dr. Marie Allbach in Behandlung begibt, in deren Verlauf sie die eigenen Angelegenheiten mit der ungeahnt aufgeladenen Schuld ihrer Kinder aufzuwiegen haben.

Der guten Ordnung halber sei an dieser Stelle erwähnt, dass eine Drainage der Ableitung schadhafter Stoffe dient, um wieder einen Normalzustand herzustellen.

Wie über die Kopf-, Herz- und Basisnote eines im Vorbeigehen unwiderstehlich wahrgenommenen Duftes:

Wucht in Bestform.

Dennis Iwan, Jahrgang 1981, lebt in Wien.

Bislang erschienen:

Unter der Oberfläche, 2007
(ISBN 978-3-89639-624-2)

Ort ohne Ausgang, 2008
(ISBN 978-3-89639-635-8)

Frühstück ans Bett, 2010 (A, Regie)

Die Verantwortung des falschen Versprechens, 2010
(A, Buch & Regie)

Das Drama der niedrigsten Sorte, 2011
(ISBN 978-3-86254-465-3)

Unter der Oberfläche, 2011 (Buch & Regie)

www.sliceoflife.at